「ガリムシロップをたっぷりかけたパンを食べてから、
廃屋の迷宮に行きましょうよ！」
ロドニー
クオード王国デデル領を治める騎士爵家を継承することになった15歳の少年。ある日「前世の記憶」に目覚め、デデル領を発展させるアイデアを次々と実行に移していく。
エミリア
13歳を迎えた、自由奔放なロドニーの妹。剣の才能に恵まれており、「メリリス流細剣術」を操る。
「まずは腹ごしらえしてからですね。
どちらも楽しみです」
ルバス家に仕える従士。幼少期より剣の達人として知られ、両手剣より「キリサム流豪剣術」を繰り出す。
最北領の怪物
～借金地獄から始まる富国強兵～

デデル領
若きロドニーが父から引き継いだ領地は、
人家もまばらな最北の地「デデル領」だった。
この寒く貧しい土地を、果たして
ロドニーはどう変えていくのだろうか……。
廃屋の迷宮
岩の階段を下ると、「廃屋の迷宮」にたどり着く。地下でありながら高い空を持ち、廃屋のまわりを凶悪なセルバヌイが徘徊している。
ガリムシロップ工房
東の森には甘い樹液を出す樹木「ガリム」が自生しており、その樹液からデデル領の特産品「ガリムシロップ」が作られる。
領主屋敷
デデル領主と家族が暮らす屋敷。木造で古いため、隙間風がひどく雨漏りもする……。
名もなき湖
東の森にある湖で、清らかな水を湛える水源地。水の質は極めて良いため、湖畔にはビール工房が建てられた。

最北領の怪物
さいほくりょう
かいぶつ
～借金地獄から始まる富国強兵～
なんじゃもんじゃ
Illustration 長浜めぐみ
The monster in the northern most
Getting out of debt trap,
I increased wealth and military power.

contents

序章　頭の痛い借金編

セルド地方ゴドルザークの森の中に遺跡が発見されてから、かれこれ五〇年が経とうとしている。遺跡からは多くの遺物が発見される。それらは今では作ることもできない貴重な品々で、中には国の戦力を大きく上げる大量殺戮兵器まで発見された。

かつては遺物の力で国を興した者さえ存在した。そんな遺物を巡って、クオード王国とジャバル王国は長い間争っていた。

セルド地方はクオード王国の東部の一地域で、ジャバル王国と国境を接する土地だ。そのセルド地方に遺跡が発見されたことがきっかけとなり、ジャバル王国が侵攻してきた。

戦争を起こしてでも手に入れたい。隣国が遺物を手に入れる前にそれを奪いたい。戦争が始まったのは、究極の防衛感情だったのかもしれない。

ある夏の暑い日、クオード王国軍とジャバル王国軍に動きがあった。カルグという町のそばで行われたその戦いはここ数年で一番の激戦となり、双方合わせて四万近い兵がぶつかり合った。

最初は一進一退の攻防、次第にクオード王国の南部貴族軍が押され始めた。南部貴族軍は立て直しを図るがジャバル王国軍はそれを許さず、次第に南部貴族軍は陣形が崩れていった。最後には獅子(しし)に貪食された草食動物のようになってしまうのだった。

　勢いに乗ったジャバル王国軍の一部が、クオード王国北部貴族軍へ横槍(よこやり)を入れた。この攻撃によって、北部貴族軍に大きな被害が出てしまった。

　北部貴族軍は南部貴族軍以上の被害を出すことになったが、クオード王国騎士団が敵ジャバル王国軍の中央を破ったことでジャバル王国は撤退した。クオード王国軍は追撃しようとしたが、ジャバル王国軍の殿(しんがり)部隊が良い働きをしたことで、思ったような被害を与えることができなかった。

　こうして戦いの幕は下りた。

　この地方では、過去に何度も戦いが行われていることから、今回の戦いは『第六次カルグ戦役』と呼称されるようになった。

　第六次カルグ戦役では、クオード王国が勝った。ジャバル王国軍が先に撤退したから、クオード王国が勝ったと判断されている。

　だが、被害の大きさはクオード王国軍のほうが多い。特に北部貴族軍の被害は甚大で多くの貴族家当主が討ち取られ、戦勝気分に浸るどころではなかったのだ。

　同時にジャバル王国軍も勝ったと吹聴した。敵に多くの被害を与え、多くの貴族家当主の首を取っていることから、その判断は間違いではないだろう。

クオード王国が戦後処理を完了させるのには、第六次カルグ戦役が終結してから二カ月ほどを要した。北部貴族軍の戦死者が多かったことが原因だ。

さらに北部貴族軍の被害が多かったのは南部貴族軍の責任だという声があり、国王は今回の件について南部貴族に瑕疵はないとしたうえで、南部の貴族たちに見舞金を出すように命じた。北部の貴族たちは納得できない思いだったが、国王の仲裁を受け入れて決着することになったのだ。

クオード王国の最北の地に、デデル領という地域がある。最北の地だけあって冬は凍てつく寒さに苦しみ、夏はそこまで暑くない。お世辞にも肥沃とは言えない領地だ。

水平線に太陽が沈むのを、一人の少年が見つめていた。その目には悲しみとも動揺ともとれる揺らぎがあった。それというのも、少年の父ベックが第六次カルグ戦役で戦死したからである。

決して有能ではなく頼りない父だったが、それでも家族を大切にしてくれる父だった。その父を想って潮風に身を任せる。

「この世界に生まれて一五年。こんなに早く自立しなければいけないとは思ってもいなかったな」

彼、ロドニー＝エリアス＝フォルバスは、クオード王国辺境のデデル領を治める騎士爵家を継承することになった。家はお世辞にも裕福とは言えず、継いだら苦労することは目に見えている。

自分に領地経営などできるだろうかと、自問自答しても答えは出てこない。自信などないがロドニーが継承を拒んで逃げ出したら、一三歳の妹に婿を迎えて家を存続させることになる。それではあまりにも妹が不憫だ。だから、自分が家を継がなくてはならないのだ。

「やるしかないか」

固く拳を結んで、水平線に沈む赤く焼けた太陽にやってやると誓った。

クオード王国における貴族位は、騎士爵が最も低い。貴族としては最底辺の家柄であり、治める領地の人口もかなり少ない。

それでも戦争が起これば従士を従えて戦地へ赴くことになる。下手をすれば王家からの命令で普請（道路工事や治水工事など）をしなければならない。

父も隣国ジャバル王国との戦争に出征して帰らぬ人になった。その父からデデル領と小さな村の統治を受け継いだのだ。

重い足取りで家に戻る。屋敷ではない。家だ。

ロドニーはまだ知らないが、フォルバス家の家計は火の車。立派な屋敷を所有するなんてあり得ない状況であった。

「ロドニー様。お帰りなさいませ」

家に入ると唯一の使用人であるリティが迎えてくれた。

白髪のリティはロドニーの祖父の時代に夫が戦死していて、それ以来メイドとして働いてくれている祖母のような存在だ。

「ただいま。母さんとエミリアは？」

「奥様のお部屋です」

家の中は暗い。油がもったいないから照明が最低限のランプとロウソクだけなのもあるが、家の主が戦死したことで空気が重苦しいのだ。

母の部屋の扉をノックし、扉越しに帰ったことを告げると妹のエミリアが出てきた。

「おかえり、お兄ちゃん」

「ただいま。母さんはどうだ？」

男の子に交ざって剣の訓練をするような活発な妹だが、今はとても表情が暗い。

「今、寝たところ」

「そうか。エミリアも休んでおけよ」

「うん」

エミリアが抱き着いてきた。体が小刻みに震えている。悲しいのを我慢していたのがわかる。エミリアをしっかりと抱きしめて頭を撫でてやると、むせび泣く。

「たくさん泣くといい。俺がエミリアを護るからな」

「うん……」

エミリアが落ち着くまで頭を撫でてやる。

父の戦死の報を聞いて母が真っ先に倒れた。悲しいのはわかるが、子供のエミリアよりも取り乱してあまりにも頼りない。だから、ロドニーがしっかりしなければと思った。

夜、エミリアが寝入ってから、ロドニーは父の仕事部屋に入った。これからはロドニーの仕事部屋になる場所だ。それほど大きくないが、書棚には歴代当主が集めた本がびっしりと収められている。まるでフォルバス家の歴史が詰まっているようだ。

本というのはそれなりに高額で、誰でも買えるものではない。父が本を買ってきた記憶はない。それでも、この仕事部屋の本棚には本が並んでいる。これだけでもそれなりの資産だが、とても売ろうとは思わない。

逆の棚に目を移すと、フォルバス家の出納帳があった。それを手に取ってペラペラとめくっていく。

「予想はしていたけど、赤字だな……」

秋に農民から穀物を現物で徴収する。春には村民から人頭税と、商人から商取引税を徴収する。辺境の土地ゆえに、人の往来が減ってしまうという理由から関税は徴収していない。

借入に関する帳簿を見ていくと、あまりの金額に頭痛がしてきた。利子を返すだけでも大変な金額だ。税収よりも支出のほうが多い。しっかり確認しないとわからないが、借金の額はかなりのものになるだろう。

「どうやって領地経営をすればいいのか……」

一応貴族なので、文字の読み書き算術程度の教育は受けている。しかし、領地経営を覚える前に父が逝ってしまった。

深いため息を漏らしたロドニーは、デスクの引き出しを見ていく。大したものは入っていないが、一カ所だけカギがかかっていた。カギを探すが、どこにもない。今夜開けるのは無理そうだと思った時、父が大事にしていた壺（つぼ）が目に入った。

「まさかな」

ランプの灯（あか）りを頼りに壺の中を覗（のぞ）くと、それはあった。

「おいおい、こんな簡単に見つかる場所にあっていいのかよ」

引き出しのカギ穴にそのカギを差し込んでみると、カチャリと開錠する音がした。引き出しを引くと、中には一冊の本が鎮座していた。

本棚には本がびっしりと並んでいるが、この一冊程度ならしまう余地がある。なのにこの本だけが、引き出しにしまい込まれていた。しかも、カギがかけられて。どれほど大事な本なのかと手に取ってみたが、表紙には何も記載がない。背表紙も同様で何も記載がない黒いカバーの本。日記かもしれないと、カバーを開ける。

本が眩（まばゆ）い光を放ち、ロドニーは手で目を覆う。その光が部屋中を包み込む中、酷（ひど）い頭痛に襲われ気を失ってしまった。

✦

誰かに揺り動かされて、深い眠りから意識が引き上げられていく。デスクに突っ伏していたロドニーを、リティが起こしてくれた。

「ロドニー様。もう朝ですよ」

「……」

視線を彷徨(さまよ)わせたロドニーに、まだ寝ぼけていると思ったリティはもう一度声をかける。

「もう秋なのですから、こんなところで寝ておられるとお風邪を召されますよ」

ロドニーを孫のように可愛(かわい)がるリティのブラウンの瞳は、慈愛に満ちたものだ。

「え、あ、うん……」

昨夜のことはなんだったのかと、デスクの上を見つめる。そこであの本がないことに気づき、リティに確認する。

「デスクの上にあった本を知らない?」

「本ですか?　私は触ってませんよ」

ロドニーが生まれる前からこの家で働いてくれているリティが、嘘(うそ)をついたことはない。

だが、デスクの下や引き出しの中を確認しても、本は見当たらなかった。

「顔を洗ってきてくださいね。朝食の準備はできてますよ」

「……わかった。今、行くよ」

あれは夢だったのだと思い、リティの後から部屋を出た。

裏口から出たところにある井戸の水で顔を洗い、頭が冴(さ)えてくる。そこで違和感を持ち、井戸の縁に手をついた。

「な、なんだ……？」

脳裏にロドニーが見たこともない巨大な建造物や、馬に牽(ひ)かれず走る車などの光景が浮かんできた。それは数十階建てのビルであり、エンジンやモーターの動力で走る自動車と言われるものだ。

ロドニーが治めることになったこの辺境の騎士爵領に、そんなものはない。王都にも二度行ったことがあるが、王都の光景でもない。

王都は騎士爵領などとは比較にならないほどの都会だが、それでも数十階建てのビルや自動車などなかった。そんな光景が脳裏を駆け回り、はたと気づいた。

「これは……前世のほうが文明発達していた……か？」

ロドニーの前世の記憶は、この世界とは違った世界のものだった。その記憶が脳内を巡っていく。前世の名前や親きょうだい、友達の名前は思い出せないが、それでも文化や受けた教育は思い出してきた。

前世の記憶が甦（よみがえ）ったロドニーだが、前世の人格は顔を出さなかった。これはあくまでも前世の記憶であって、人格を形成するものではないようだ。

落ち着いたところで自分を顧みると、全身から汗が噴き出していて、まるで激しい運動をした後のような姿だった。ベタついた翠色（すいしょく）の髪からはポタポタと汗が滴り落ちて地面に丸い跡を作る。

「ロドニー様。奥様とエミリア様がお待ちですよ……、どうしたのですか、その恰好（かっこう）は!?」

汗だくで佇（たたず）むロドニーを見たリティが、駆け寄ってきた。

「大丈夫だ。ちょっと水を浴びていただけだから」

「こんな気温なのに、冷水を浴びたらお風邪を召しますよ。早く着替えてください」

「そうするよ」

大変な剣幕でまくし立てられ、尻を叩（たた）かれるように自室に戻って着替えをした。

改めて借金の額を確認すると、大変な額だった。予想よりも多いことにロドニーは頭を抱えた。
「こんな状態でよく領地経営できていたな……」

前世の記憶を頼りに、簿記を取り入れて帳面をつけてみた。それによれば、借金がなければ税収内でなんとかやっていけるが、借金の利子を払うだけでその年の税収を超える額が必要だとわかる。

この数年はかなり酷い状態だ。思い起こせば、この一〇年は嵐の被害が多かった。酷い年は穀物の徴収が半分になっている年もある。まともに徴収できたのは二年分。これでは借金を重ねてしまうのも仕方がないだろう。

その借金を受け継ぐロドニーにしてみれば、たまったものではない。

例年通りの税収があっても、借金の利子を払うだけしかできない。元金を減らそうとすると、さらに多くの税収が必要になる。

どう考えても税収だけではやっていけない。眩暈（めまい）を覚えるロドニーだった。

「こんなことわかりたくも理解したくも、何よりも知りたくなかった」

借金をしている相手は三人。寄親（よりおや）であるバニュウサス伯爵、商人のハックルホフ、そしてメニサス男爵。

このうち、バニュウサス伯爵は返済を待ってもらえるだろう。寄親のバニュウサス伯爵に対して、ロドニーのフォルバス騎士爵家は寄子（よりこ）になる。この寄親と寄子の関係は、その字が表しているように親子関係に近い主従関係だ。

そういった関係を維持するために、バニュウサス伯爵家はフォルバス騎士爵家を見放すことはしない。それをしてしまうと、困った時に助けてもらえないと他の寄子に思われ、主従関係が成り立たなくなってしまうからだ。

　それに、もしもフォルバス騎士爵家が他の貴族の寄子にでもなったら、バニュウサス伯爵は面子(メンツ)を潰されて笑いものになる。それは、貴族の世界では恥ずべきことであった。

　だから嫌な顔はされるだろうが、頭を下げれば返済を待ってもらえるはずだ。

　商人のハックルホフは母シャルメの実父。ロドニーにとっては祖父になる。ロドニーが頭を下げれば、借金の返済を待ってくれるだろうし、額を地面に擦(こす)りつけて頼めば借金をチャラにしてくれる可能性もある。場合によっては、さらに借り入れもできるはずだ。ハックルホフというのはそういう人物だと、ロドニーは受け取っている。

　だが、そこまではできない。最初に甘えてしまっては、あとはなし崩し的に甘えることになるだろうから。借金の返済を待ってもらうことはあっても、なしにしてくれと頼むことはしたくない。

「しかし、借金とは別に援助を受けていたのに、それら全てを売って借金の返済に充てていたのか。なんというか情けない話だけど、それほど困っていたんだよな……」

　祖父からの援助を、父は借金返済に充てていた。そのおかげでロドニーたちは碌(ろく)な服も着られなかったし、食事も粗末なものだった。

「父さんを責めるのは簡単だが、それをしても借金がなくなるわけではない……貧乏がいけないんだよ」

三人の中で最も面倒なのがメニサス男爵だ。男爵は騎士爵よりも上の爵位だが、バニュウサス伯爵家の寄子同士で横並びの相手だ。

血縁関係もなければ、主従関係もない。ある意味同等の関係だ。それだけに厄介なのだ。

「父さんの見舞金を使ってもメニサス男爵の借金は全額返せないいか」

当主が戦死したことで、王家から見舞金が下賜されている。それを返済に充てても、メニサス男爵の分さえ完済できない。それどころか焼け石に水である。

「金がないなら稼ぐしかない。だが、どうやって稼ぐ？」

頭に浮かんだ案は一つ。特産や名産となる産業の創造。

産業の創造は、今すぐには、どうこうできない。だが、まったくノーアイディアというわけではない。

案はあるが、お金を稼ぐまでになるにはさらなる出費が必要になる。その出費と産業が形になるまでどうやって凌(しの)ぐか、それを先に考えなければならないのが頭が痛いところだ。

産業を興したらロドニー自身が戦闘力をつける必要がある。騎士爵家の嫡子だから、剣の訓練は幼い時からしてきた。しかし、ロドニーには剣の才能はまったくと言っていいほどなかった。

幼い時から毎日剣を振って訓練してきたが、なぜかまったく身につかないのだ。父も剣の才能はなかったから、親譲りだろうと一時期は諦めかけた。だが、ロドニーは努力だけは続けてきた。

領主となった以上は、まったくダメな剣術を補う力が必要になる。そのためには、迷宮（ラビリンス）に入らなくてはならない。

ラビリンス内にはセルバヌイと呼ばれる化け物が巣食っている。セルバヌイは人間を襲う。肉食というわけではなく、人間を襲えと本能に刻まれているからだ。

セルバヌイを倒すと死体は消えてなくなり、代わりに生命光石というものが残る。その生命光石を取り込むことで、根源力を身に付けることができる。

根源力というのは戦闘に役立つ特殊な力だ。貴族なら誰でも最低三つは覚えているのが常識である。

また、生命光石は換金できる。金になるのだ。ただし貴族は毎年決められた数の生命光石を、王家に納めなければならない。

要は上納金のようなものだが、その代わりに穀物や金銭の上納はない。

ロドニーは根源力を一つも覚えていない。王家に上納する生命光石を集めて残った分は、借金の返済に充てるために換金していたからだ。そのためロドニーまで生命光石が回ってこなかったのである。

「産業を興して借金を返しても、戦争で死んでは元も子もない。産業を興しながら力をつけなければいけないのか……大変だな」

　領兵には今まで通り王家へ上納する分を集めてもらい、ロドニー自身が自分用の生命光石を集めるしかない。そう考えたロドニーの行動は早かった。

　ロドニーは従士たちを集めた。最底辺の貴族である騎士爵家だが、従士と言われる家臣が存在する。

　従士家は五家ある。第六次カルグ戦役では三人の従士が、ロドニーの父に従って出征した。その三人の従士のうち一人は戦死している。残りの二人は怪我（けが）の療養中で出席できない。

　集まった三人のうち二人は五〇代。一人はロドニーの二歳年上の幼馴染（なじみ）の女性だった。

「急な参集に応えてくれて、感謝する」

　まずは急に呼び出したことに対して、軽く謝意を述べた。

「早速で悪いが、当家は崖っぷちだ」

「ロドニー様。崖っぷちというのは、どういう意味でしょうか？」

　確認してきたのは、従士長のロドメルだった。ロドニーの祖父の時代から従士をしている偉丈夫な人物で、最古参の従士である。年齢を感じさせない筋肉質で、覇気のある雰囲気を纏（まと）っている。

「このままでは当家は破綻する。金がないのだ」

「金……ですか」

ロドメルだけではなく、他の二人も眉間に皺が寄った。貴族は金に頓着しないというのが、この国の常識なのだ。実際には守銭奴のような貴族が多いが、そういった者ほど建前を笠に着る。

前世の記憶を持つロドニーにとって、この現状は看過できなかった。贅沢三昧の生活をしたいと思ってはいないが、それでも今日食べる食事にも窮するような貧乏な暮らしはしたくない。

「当家は膨大な借金を抱えている。今の税収では元金どころか金利を返済するのもままならない」

「ベック様は何も仰っていませんでしたが……」

もう一人の五〇代従士のホルトスが口を開いた。彼も祖父の時代から従士として仕えている人物だ。体形はロドメルのような偉丈夫ではないが、それでも成長途上のロドニーよりは逞しい。

「皆に心配をかけないようにと、黙っていたのだろう。俺も知らなかった。だから、この土地特有の産業を興すことにした」

三人の表情が曇っていくのがわかったが、やらなければ夜逃げするしかない状況なのだ。

五つの従士家には、それぞれ畑がある。そこから収穫される穀物や野菜は全て従士家のもので、下手をすれば借金まみれの主家であるフォルバス家よりも良い生活をしている。そういった特権を認める代わりに、フォルバス家のために働いてもらっているのだ。

産業を興すためには金が必要だ。金がないと言っているロドニーが、その特権に手をつけるのではないかと身構えてしまう。

「産業を興すと仰いますが、簡単ではないですぞ」

ロドメルが渋い表情をして聞いてきた。

「わかっている。だが、案はある。そこで皆に協力してほしいんだ」

「その案とはなんでしょうか」

「東の森の中にある。大丈夫だ、これは産業になる」

東の森の中に自生しているある植物を加工すれば、産業になるとロドニーは説明した。

この説明会に先駆けて確認してきた。売れるものを生産できる自信はある。

三人の表情は暗いものだが、これはロドニーの説明を聞いても理解できなかったのが大きい。ロドニーも前世の記憶がなければ、その植物を使った産業を興そうとは思いもしなかった。三人の表情に不安が見て取れても、気分を害することはない。

「……わかりました。難しい話はこれからしっかりと聞くことにしますが、産業を興す一助ができればと思います」

「某（それがし）もロドメル同様、ロドニー様のお考えを支持します」

古参の二人はロドニーの考えを支持した。というのも、新たな当主の初めての政策にケチをつけたくなかったからだ。否定すれば、今後ロドニーとの関係に差し支えるだろうという打算もあった。

「やってもいないことに良し悪しの判断はできないわ。やってから文句を言います」

初めて口を開いた三人目の従士ソフィア。ロドニーの父と共に戦死した従士の娘だ。

弟が家を継いでいるが、その弟はまだ九歳なのでソフィアが代理で出仕している。

その緋色(ひいろ)の瞳はまるでロドニーを睨(にら)みつけているようだが、それは気の強さを表しているだけでロドニーに隔意があるわけではない。

幼馴染ということもあって、ソフィアのことをよく理解しているロドニーに不快感はない。

「ソフィアは相変わらずだな」

今回、怪我をした二人と戦死した一人には、フォルバス家から見舞金がそれぞれ出されている。この借金苦の中、痛い出費だ。それでもこれを出さないと今後の主従関係に関わってくることから、無理してでも出さなければならない。

ロドニーが語った財政難は本当のことだろうと、ソフィアは理解した。ソフィアも幼馴染のロドニーが、このような嘘をつくような人間ではないと知っているのだ。

苦しい台所事情でありながら見舞金をケチらなかったロドニーを、ソフィアは頭ごなしに否定したくなかった。言い方は少しキツいが、これがソフィアの敬意の表し方である。

「さて、話はもう一つある」

三人が聞く姿勢を取る。

「今後、俺もラビリンスに入ってセルバヌイを倒すつもりだ」

「なんと、ロドニー様自らラビリンスに入られるのですか」

「いずれ俺も戦場に出なければならない。その時に根源力を持っていなければ生き残れないだろう。だから、俺は俺のためにラビリンスに入って根源力を得る」

その言葉には三人も納得するものがある。根源力があるとないとでは、戦闘力は大きく違ってくるのだ。戦うにも逃げるにも、根源力は役に立つ。特にロドメルとホルトスの古参は、嫌というほど理解していた。

「父さんが死に、当家は三年間の戦役免除期間がある。その間に、産業を興して借金を返し、根源力を得て戦闘力を上げる」

従士たちは兵を率いて上納用の生命光石を集め、ロドニーは一人で自分のための生命光石を集める。自分が置かれた立場を踏まえて、現状と将来像を三人に語って聞かせた。

「ロドニー様がやると言うなら止めはしません。しかし、一人でラビリンスに入られるのはさすがに看過できるものではありません」

ソフィアが鋭い視線で、ロドニーを射貫くように見つめる。

「ソフィアの言う通りですぞ、ロドニー様。ラビリンスは危険な場所です。せめて領兵を連れていってください」

「某もロドニー様お一人でラビリンスへ入るのは反対です。ロドメル殿の言うように領兵をお連れください」

「それでしたら、私が同行しましょう」

ソフィアがロドニーと共にラビリンスに入ると申し出たことで、二人の表情が和らいだ。

「ふむ、ソフィアなら良いか。のう、ホルトス殿」

「ソフィアが一緒ならば安心だ」

(俺って信用ないんだな……だが、ソフィアは実績あるもんな)

幼い頃は一緒に遊んだロドニーとソフィア。その頃からソフィアは活発で、チャンバラではすぐにロドニーが打ち負かされていた。

それは今でも同じで、その剣の腕の差は天と地ほどもある。ロドニーにはない剣の才能がソフィアにはあった。さらに、ソフィアは亡き父たちと一緒にラビリンスに入って実績を積み、従士や領兵たちの信頼を得ている。

「上納用の生命光石は、我らがしっかりと集めます。ロドニー様はソフィアを連れてラビリンスへ入ってください。決して一人では入らないように、お願いします」

「三人がそう言うなら、従おう。ソフィア、頼んだよ」

「任せてください」

ソフィアは弟を護ろうとする姉のように、発育の良い胸を張って答えた。彼女自身も父を亡くしているが、そういったことをおくびにも出さない。それが自分よりも大人びているると感じるロドニーだが、それは違う。

ソフィアも悲しいのだ。しかし、悲しんでいる暇はない。実の弟だけではなく、幼馴染で弟のようなロドニーをひとかどの人物に育てるという使命が彼女にはある。彼女一人だけで成せることではないが、責任感の強い彼女はしないといけないと思い込んでしまっている。

特に頼りない幼馴染が領主になったことで、自分がしっかりしなければと考えている。責任感と気苦労が絶えない一七歳の少女は、気づかないうちに気を張ってしまうのだった。

+・+・+・+・+・+・+・+・+・+・+・+
+・+・　一章　富国の種編　・+・+
+・+・+・+・+・+・+・+・+・+・+

父ベックの死によって、ロドニーはフォルバス騎士爵家を継ぐことになった。

フォルバス家の財政は破綻寸前に追い込まれており、とても酷い状態だった。このままでは領地経営などできないと考えたロドニーは、特産になる産業を興そうと決意した。

村でたった一軒しかない鍛冶屋に頼んで、工具をいくつか作ってもらった。さらに大きな鍋も作った。

雑貨屋では壺を大量に買い込み、赤い布も買った。壺の容量は一〇リットルほどだ。

工具を作ってもらうのに数日かかったが、準備が整ったロドニーは非番の領兵を招集した。

フォルバス家の領兵は、ラビリンスに入って上納用の生命光石を集める二部隊、領内の巡回や警備、事件の捜査をする二部隊、非番の一部隊に分かれる。

ロドニーは非番の領兵を招集して、東の森に入った。非番だが領兵たちは嫌な顔もせずに集まってくれた。その領兵たちに対し、ロドニーは父の見舞金から費用を捻出して手当を出すつもりだ。

「これが良さそうだな」

それはガリムと呼ばれる樹木で、東の森に自生している樹木の多くがこのガリムで占められている。

「これはガリムではないですか。こんな木で何をするのですか？　まさか、伐採して木材を売ろうと思われているのですか？」

非番の領兵を引き連れてきた割に、ありふれた木に案内されたソフィアはちょっとつんけんした物言いだ。

「まあ、見ていてくれるかな」

領兵たちが背負った袋から手回し用のドリルを取り出し、それで木に穴を開けていく。直径一センチメートルほどの穴を一〇センチメートルほどの深さまで開けて、その穴に金属製の筒のようなものを差し込んだ。

このドリルと筒は、村の鍛冶屋に頼んで作ってもらったものだ。急ごしらえで作ってもらったが、よくできていた。

筒は差し込むほうが平坦になっていて、木の外に出るほうの先端は尖っている。その尖った先端の下に壺を置いて、ロドニーはしばらく待った。

すると筒の先端からポトリッ、ポトリッと樹液が壺の中に落ちた。

「ロドニー様。樹液を採取して何をする気なのですか？」

「この樹液を集めて煮詰めると……」

「煮詰めると？」

「できてからのお楽しみ」

ソフィアは拍子抜けした。ロドニーは幼い時から人を煙にまく性格だったが、今回もそうだと嘆息する。

「はい。注目！」

険しい表情をするソフィアをよそに、ロドニーは領兵たちに注目するようにと声を張った。

「今俺がやったように木に穴を開けて、この金属の筒を差し込み、その下に壺を置いてもらう。穴の深さは一〇センチメートル、このドリルの赤色の印があるところまで開けてほしい」

ドリルについた赤い印のところまで穴を開けたら、筒を差し込む。あとは壺を置いて、樹液を集めるだけの単純な作業だ。

目印として赤い布を木に巻きつけたら、日当として小銀貨五枚を支払うとロドニーは言った。たったそれだけで小遣い稼ぎができるのだから、領兵たちは喜んだ。

この国の貨幣制度は、価値が小さいものから小銅貨、大銅貨、小銀貨、大銀貨、小金貨、大金貨とあって、それぞれ一〇枚で一つ上位の貨幣一枚と同等の価値になる。

大がつく貨幣のほうが大きいが、銅、銀、金の含有率が高くなっていることから体積で二倍程度の大きさになっている。

大都会の王都で四人家族が暮らすのに、一カ月当たり小金貨一枚と大銀貨五枚が必要になる。

フォルバス家が治めるのは辺境のガルス村。暮らしに必要な金額は王都よりも少なく、領兵たちの月の給料は小金貨一枚だ。それとは別に日当がもらえるのだから、領兵たちにとって美味しい話であった。

翌日、別の非番の領兵たちと共に、また新しい壺を設置した。昨日と違うことは、すでに設置してある壺を回収する作業があることだろう。

昨日設置した壺には樹液が溜まっている。ロドニーは樹液をこぼさないように蓋をして、領兵たちと共に持ち帰った。

家の庭に石を積み上げて簡単な竈を作ったロドニーは、鍛冶屋で作ってもらった大きな鍋でガリムの樹液を煮詰めた。焦がさないように常に混ぜる作業は大変だが、甘い匂いが徐々に強くなってくる。その匂いに誘われるように妹のエミリアが家から出てきた。

「お兄ちゃん、それは何をしているの？」

「できたらエミリアにも食べてもらうから、それまで待っててくれ」

「食べ物なの？　楽しみだわ。ソフィアもそうでしょ」

「私にも食べさせてもらえるのですか？」

「もちろんだよ。ソフィアも食べて感想を聞かせてほしい」

ソフィアはロドニーが作っているものが何かわからないが、先ほどから甘くいい匂いがしているのでとても楽しみになった。

二時間ほど煮詰めると、水分がかなり飛んで三分の一ほどの量になった。木べらを上げるとトロリと滴る粘度の高い液体は、元々透明だったが琥珀（こはく）色に変わっている。

「エミリア。パンを切って持ってきてくれるかな」

「パンを切ってくるの？　わかった」

家の中に駆け込んだエミリアは、すぐにパンを持ってきた。

ロドニーが治めるガルス村は小麦の栽培には適していないことから、生産している穀物は大麦とライ麦になる。

パンはライ麦の粉を焼き固めたもので、硬くパサパサしていてあまり美味しくないが、主食としてどの家庭にもあるものだ。

そのライ麦パンに、煮詰めたガリムの樹液をつけてエミリアに渡す。

「食べてごらん」

エミリアは琥珀色の樹液がのったライ麦パンを見つめて、意を決したように頬張った。

二度、三度咀嚼（そしゃく）し、エミリアの目が見開かれた。

「お……美味しい！」

エミリアはお転婆だが、貴族の息女としてテーブルマナーは厳しく教育されている。そんなエミリアがハムッハムッハムッと、大きな口を開けて食べる。それほど美味しいのだ。

「ほい、ソフィアの分だ」

ソフィアもガリムの樹液がのったライ麦パンを頬張ると、目を見張った。

「なななな、なんですか、これはっ⁉」

（フフフ。女の子が甘いものが好きなのは、前世でも今世でも同じだな）

カエルの手のようなガリムの葉は、前世の記憶にあるカエデという植物によく似ている。だが、木の高さは五〇メートル以上、太さは直径三メートルもある大木なのでカエデと丸っきり一緒ではない。それでもこのガリムの樹液は甘かった。

カエデの樹液はそのままだとほんのりと甘さを感じる程度のものだが、このガリムの樹液はモモのような甘さだ。それだけ糖度が高いということである。前世の記憶を取り戻した後、樹液を舐めて確認したから間違いない。

大量に樹液を採取する準備にそれなりの金がかかったが、産業を興すための必要経費として受け入れるしかない。

この世界にも砂糖はあるが、クオード王国では生産されていないことから、非常に高価なものだ。それこそ富豪や裕福な貴族でなければ口にはできない。

甘味などが乏しいこの国で、砂糖よりも安価な甘味を売り出せば売れるはずだとロドニーは考えた。

幸いなことに、東の森の地権者は領主であるロドニーであり、そこに自生しているガリムはかなり多い。

ロドニーはこの液体をガリムシロップと命名し、売り出すつもりなのだ。

「美味しいだろ？」

「「うん、美味しい！」」

エミリアとソフィアの頬が緩みっぱなしだ。それほどガリムシロップが美味しいということだろう。

「これを売ろうと思う。砂糖よりも安くすれば売れると思うんだけど、どうかな」

「これは売れるよ、お兄ちゃん！」

「そうだぞ、これは売れるぞ、ロドニー！」

ソフィアは従士という立場を忘れ、昔のようにロドニーと呼び捨てにしてしまったことに気づかない。

「「おかわり！」」

「おいおい、夕食が食べられなくなるぞ」

「「構わないわ！」」

二人は二回もおかわりをした。日頃は鋭い視線を緩めないソフィアだが、女の子の素が出てしまい頬が緩みっぱなしだった。

「樹液を集めるのはそこまで重労働ではない。煮詰めてガリムシロップにするのも、根気は要るけど難しい仕事じゃない。だから村の未亡人たちにしてもらおうと思うんだ。どうかな」

「それはいいですね！　未亡人たちは収入が少なくて大変ですから」

ロドニー同様に、ガルス村でも家族を戦争で亡くしてしまった者は多い。

夫を亡くし一人で子供を育てる未亡人も多く住んでいる。もちろん、他の理由で未亡人になった者もいる。

特別な技能は必要なく、やる気と根気があれば誰でもできる仕事だから、そういった未亡人たちでもガリムシロップ作りはできる。

すぐに未亡人が集められた。数は二〇人ほどだ。

未亡人たちにガリムシロップが振る舞われると、全員がその甘さに歓喜した。

「これはガリムシロップという甘味だ。これからこのガリムシロップを生産して売ろうと思う」

タイミングを見計らったように、ロドニーがガリムシロップを生産して売ろうと考えていると話した。

「皆に、このガリムシロップの生産をしてもらいたい」

「私たちにできますか？」

「大丈夫だ。難しい作業じゃない。やる気と根気があればできる仕事だ。給金も出す」

「給金がもらえるのですか」

「働いてもらうのだから当然だ」

　多くの未亡人は畑を耕すくらいしか仕事がない。小さな子供や年老いた親などを食わせるのは、大変なことだ。だから、働き場ができて助かると、未亡人たちは受け入れた。

　一カ月もすると、未亡人たちのやる気のおかげでガリムシロップの生産は軌道に乗り始めた。

　森で樹液を採取し、それを煮詰めて壺に詰めるまでを行う。全てを未亡人たちが行っている。

　森の管理については、狩人と木こりにも協力を仰いだ。

　樹液を採取すると最初は良くてもいずれは樹液が出なくなる。だから、森を知り尽くしている狩人と木こりに樹齢の高いものを教えてもらって、そういったガリムから樹液を採取するようにした。

　樹液が採取できない古い木は伐採し、薪(まき)にしてガリムシロップ作りに使った。その後は植樹するようにして、ガリムの樹液を継続的に採取できるようにしたのだ。

また、肉食獣が森で未亡人たちを襲わないように、狩人にはしっかりと見回ってもらう。

そうやってガルス村のガリムシロップ生産は規模を大きくしていった。

その間、ロドニーは領主として忙しい日々を送っていた。

領地経営のいろはも知らない素人領主だから、覚えることがたくさんあるのだ。おかげでラビリンスにはまだ入っていない。

忙しくしているロドニーの前に、とうとう来るべきものがやってきた。

メニサス男爵が送ってきた借金取りだ。テトスという四〇過ぎの中年で冴えない容姿だが、ニタニタして気持ち悪い男である。

「フォルバス殿。代替わりされたよし、祝着にございます」

(何が祝着だ。人の親が死んだことが、そんなにめでたいのか!?)

その言葉だけでも借金取りがフォルバス家をバカにしているのがわかる。しかも、テトスはメニサス男爵ではないのに、ロドニーのことを「フォルバス殿」と呼んだ。貴族でもない者が、貴族を「殿」と呼ぶのは失礼この上ないことだ。そのことに怒りを覚えたロドニーだが、借金をしている側なので怒りを呑み込んで笑みを作った。

「早速ですが、利子をお支払いいただきたい」

証文をヒラヒラさせて失礼な態度を取るテトスに、ロドニーは冷静に金額を確認した。

借金の利子返済のために、ロドニーは王家から下賜された父の見舞金に手をつけた。

すでにガリムシロップ作りの経費を見舞金から捻出していることから、今回の利子を支払うことですっからかんになる。

「たしかに。いつもこのようにお支払いいただけると、こちらも助かります」

（返済の金を用意するのに、父がどれだけ苦労していたと思うのか。悔しいが、ここで感情をぶちまけても状況は改善されない。我慢だ、我慢しろ俺）

借金取りが乗った馬車が敷地を出ていく。それを拳を強く握って奥歯を噛（か）み、眉間にシワを寄せて窓から見つめた。

「もう金がない。クソッ」

頭が痛い現実がそこにあった。

「ガリムシロップが売れなければ、この家は本当にお終（しま）いだ」

自分が進めてきたガリムシロップ生産だが、売れるかは未知数。もちろん、売れると信じてやってきたが、売れなかった時は首吊（つ）りものだ。危機感をひしひしと持ち、やらなければいけないと決意を新たにする。

✦

「それじゃあ、行ってくるね」

「お兄ちゃん。気をつけてね」

「ロドメルが一緒だから大丈夫だよ」

ロドニーはバニュウサス伯爵が治める都市バッサムへ向かうことにした。本来ならもっと早くバッサムへ赴き、バニュウサス伯爵へ挨拶をしなければならなかったが、急に家督を継ぐことになった者は領地経営を把握してから寄親を訪問するのが一般的だ。そういった理由から、一カ月ほど経過してから挨拶に向かうことになった。

従うのは従士長ロドメルと五人の領兵。ロドニーとしては幼馴染のソフィアと旅をしたかったが、相手は寄親であり上位貴族であるバニュウサス伯爵だ。侮られないようにという意味もあるが、敬意を払う意味でも従士長であるロドメルを連れていくことにした。

また、領兵の二人は大量のガリムシロップを積んだ荷車を牽いている。

ガルス村があるデデル領は、クオード王国最北の辺境地域だ。冬は厳しく凍てつき、夏は涼しい土地柄である。どうしても小麦の栽培には適しておらず、大麦やライ麦といった穀物を栽培している。漁業はあるものの小型船ばかりなので、外洋には出られない。特産もない寂れた村である。

そんな村で特産を生み出そうとしているのが、新領主であるロドニー＝エリアス＝フォルバスである。

バニュウサス伯爵が治める都市バッサムは、ガルス村から徒歩で七日ほどの距離にある。最北の交易都市と言われる大都市だが、王都に較べたら数分の一の規模になる。

最北の交易都市からわかるように海上交易の最北端の港町であり、主な交易品は陶器とシャケの干物。特に陶器はバニュウサス器とまで言われ、珍重されている。

デデル領にもシャケは遡上する川がある。ロドニーもシャケの干物を作りたいと思うが、それをするにはバニュウサス伯爵に断る必要がある。

勝手にシャケの干物を作るわけにはいかない。仁義を通して許可を得なければ、バニュウサス伯爵との関係が悪くなる。そうなっては、フォルバス家など風前の灯だ。

道中、何ごともなくバッサムに到着したロドニー一行は、交易商人の店に向かった。フォルバス騎士爵の家とはまったく違う規模の店にロドニーが入ると、空気が張り詰めた。

「こ、これはロドニー様。ようこそおいでくださいました」

壮年の男が手揉みしながら話しかけてきた。この男はこの店で二番番頭をしているマナスという人物で、店では上から数えたほうが早い地位にある。

「久しぶりだな、マナス」

「はい。お久しぶりにございます。ベック様は残念なことでした。お悔やみを申しあげます」

ここは商人ハックルホフの店。ハックルホフはロドニーにとって外祖父になる人物であり、借金をしている相手でもある。

「父は弱かった。それだけだよ……」

　騎士爵といっても、ベックはそれほど剣が得意ではなかった。その血は見事にロドニーにも流れていて、ロドニーの剣の腕は農民兵といい勝負だ。

　フォルバス家は元々バニュウサス伯爵家の騎士だった。この騎士は騎士爵ではなく、称号や役のようなものだ。

　ロドニーから数えて六代前の当主が戦功を立て、王家から騎士爵に叙されたのだ。その時にデデル領を拝領し、今に至っている。

　初代から三代目までは強かったらしいが、四代目からロドニーに関してはあまり戦闘の才能はない。

「そのようなことは……」

「いいよ。俺がそれを実感しているのだから。それよりも祖父はいるかな?」

「それがですね……」

　マナスは言いにくそうにした。ロドニーはどうしたのかと、訝(いぶか)しがった。

「父ならいないぞ」

「御曹司」

　マナスに御曹司と呼ばれたのは、ロドニーにとっては伯父(おじ)にあたるサンタスだった。このサンタスはハックルホフに借金を申し込んで返済もしないフォルバス家を毛嫌いしている。そのことが行動と言葉の端々に滲み出ている。これまでのロドニーは、なぜ嫌われているのかわからず気に入らない相手だった。だが、今はその理由が理解できるだけにロドニーは気まずかった。

「そうですか。では、伯父上にお話があるのですが」

「今は忙しい」

「では、今夜ではどうですか？」

「今夜も忙しい」

（これは借金を申し込まれると警戒されているんだろうな。今までが酷かったから仕方ないか。しかし、これは俺にとって借金返済、祖父や伯父にとっては儲け話になるから、しないわけにはいかない）

「では、明日はいかがですか？　二、三日は逗留する予定ですから、それまでに祖父が帰ってくるのでしたら待ちます」

サンタスは深いため息をついてから、切り出した。

「私と父はフォルバス家とは縁を切ることにした。その意味がわかるな、ロドニー」

それは唐突な絶縁宣言だった。

「本気で言っているのですか？」

「本気に決まっているだろ。妹には後日手紙で知らせる。帰ってきたければ、受け入れるともな」

「……」

「これまでの借金は、一切返さなくていい。その代わり、もう二度と店にも屋敷にも顔を見せるな」

「祖父も……そう言っているのですね」

「そうだ」

伯父のサンタスがフォルバス家を嫌っていたのは、知っている。だが祖父のハックルホフは、ロドニーやエミリアを可愛がっていた。特に女の子のエミリアは猫可愛がりしていた。

ロドニーが呆れるほどの孫煩悩だったハックルホフがそんなことを言うのに違和感を覚えたが、これまで借金しては金利さえも払わなかったのだから絶縁されても仕方がない。

そう割り切って、出かけた言葉を呑み込んだ。ただ、これまで世話になっていたわけだから、絶縁宣言されたとしてもその恩は返しておきたい。

「わかりました。今後は顔をお見せするのを慎みます。では、お別れの挨拶として、あれを受け取ってください。おい、運び込め」

「はっ」

「おい、何を勝手なことを！」

サンタスが叫ぶように止めようとしたが、ロドニーはその制止を無視した。

「ロドニー様、運び終えました！」

ロドメルがそう告げると、ロドニーはサンタスに向かって深々と頭を下げた。

「ご迷惑をおかけしました。それは、当家が生成した甘味料です。要らなければ捨ててください」

頭を上げたロドニーは、ロドメルを連れて店を出た。置いてきたガリムシロップは重量にして一〇〇キログラムになり、今回持ってきたガリムシロップの半分になる。もう半分はバニュウサス伯爵への贈り物だ。

「ロドニー様。よろしかったのですか？」

「これまでのことを考えたら、伯父の言うこともわかる。縁を切りたいと言われても、仕方がないだろう」

「そうですか」

（悲しいことだが、これも貧乏が悪いんだ……）

宿屋にチェックインしたロドニーは、ロドメルを先触れとしてバニュウサス伯爵家へ向かわせた。いきなり訪問して会えるような相手ではないことから、事前に日時を擦り合わせてから訪問しなければならない。

ロドメルが帰ってきて、訪問日時は二日後の午前だと告げた。

「それなら、明日はゆっくりとできるな」

家を継いでからはガリムシロップ作りと、領主の仕事を覚えるのに東奔西走していた。休む暇もなかったから丁度いい。これほど濃密な時間を過ごしたのは、生まれて初めてだった。

✦

久しぶりにゆっくりできると思っていたが、翌朝早くに宿屋に来客があった。

「ロドニー！」

いきなり老人に抱き着かれた。この老人はロドニーの外祖父である商人のハックルホフだ。

「おい、爺さん。いくらなんでも抱き着くのはやめてくれ」

「サンタスはボコボコにしてやった！　お前はワシの孫じゃ。いつでも甘えに来るのだ！」

どうやら絶縁はサンタスの独断だったようだ。あの後帰ってきたハックルホフが二番番頭のマナスからあらましを聞くと激怒して、本当にボコボコにしたらしい。

「それにあれはなんじゃ⁉」

「あれというと、ガリムシロップのことか？」

「おう、それじゃ！　あれは売れるぞ！　ロドニーが作ったのか？」

「ああ、俺が作った。今後はガリムシロップをガルス村の特産にしたい」

「ワシに任せろ！　いくらでも売りさばいてやるぞ！」

「さすがは交易商人だ。心強いよ」

「ハーッハハハ！　ワシは孫にいいところを見せるために、祖父をしているのだ！」

ハックルホフはかなり豪快な性格をしている。そして、孫煩悩である。おかげで借金をしていても気安く話ができる。

サンタスが祖父も絶縁すると言ったことに違和感を覚えても、負い目があるから言い返せなかった。

「あれはどれだけ作れる？　いくらで卸してくれるのだ？」

「今生産できるのは、月に五〇〇キロくらいかな」

一日に生産できるガリムシロップは二〇キログラムが限度。月産にすれば六〇〇キログラムになるが、これは皆が休まず働いたらの話だ。しかも、雨などの天候にも左右されるため、天気に恵まれたらという条件で月産五〇〇キログラムが現実的な数字だろうとロドニーは考え、ハックルホフに伝えた。

ただし、これはあくまでも今の生産力であって、ロドニーは生産性の向上と量産化を進めている。三カ月後は数倍の生産量になっているだろう。

「そんな量では足りん。もっと生産するのだ。売りまくるぞ！」

ハックルホフの中では、すでに販売計画が立っていた。甘くて病みつきになる旨味（うまみ）があるガリムシロップは、確実に売れる。もし売れなかったら、それは商人としての才能がないのだ。だからもっと生産しろと言う。

まだ販売もしていないのに、そんな大量に生産して捌（さば）けるのか疑問だったロドニーは返事をはぐらかした。

「して、卸値は？」

「さっぱりわからない。爺さんならどのくらいの値をつける？」

ロドニーは肩をすぼめてみせる。

「ワシを試すのか」

「いや、本当に想像できないんだ。でも、砂糖やハチミツよりは安くしたい。そうじゃなければ、量産しても売れないだろ」

癖になる旨味があるから、砂糖やハチミツと同じ価格でもハックルホフは売れると考えていた。

「味は砂糖やハチミツに勝るとも劣らない。ただ、以前からあったもののほうが知名度は高い。数を売ろうとするなら、インパクトが必要だ。それが価格なら、インパクトはあるだろう」

ハックルホフは言った。王都で砂糖を扱う場合、末端価格は一キログラムで金貨五枚はする。ハチミツなら小金貨三枚と大銀貨五枚だ。庶民の一月の収入が小金貨一枚から二枚ほどだというのに、砂糖やハチミツはその数倍もする。

貴族や富豪たちはそういった贅沢品である甘味料を贅沢に使ったお菓子などを惜しげもなく食べる。だから富豪だと言われればそうなのだが、ロドニーのような貧乏貴族ではとても買えないものだ。

「それよりも安くしてインパクトを与えるとして、小金貨二枚か。それを考えれば、仕入れ額は大銀貨四枚といったところだな。その代わり、ウチの者がガルス村へ赴き、ガリムシロップを引き取る。どうだ」

ロドニーに商売のことはわからないが、運送や利益、税金のことを考えれば、卸値の数倍で売るのは順当なのだろう。

一キログラムの卸値が大銀貨四枚なら、月に五〇〇キログラム卸せば大金貨二〇枚、年間なら大金貨二四〇枚にもなる。それはデデル領の税収の倍の金額になる。

しかも、運搬はハックルホフのほうで手配してくれる。未亡人たちに給金を支払っても、十分過ぎるほどの利益が取れるとロドニーは皮算用した。

「それでいいよ」

「よし、決まった。これは今回の分だ」

ハックルホフは懐から革袋を取り出し、ロドニーの前に置いた。事前に用意してあるということは、すでに卸値は決まっていたのだろう。

（食えない爺さんだ）

「いや、あれは今まで面倒をかけた詫びだから」

「ワシにいい恰好をさせろ。それに、孫が遠慮するな」

「……助かるよ」

素直にハックルホフの好意に甘えることにした。頑なに断っても、なんだかんだ理由をつけて押しつけてくるからだ。

「それから、サンタスが言ったように、これまでの借金は返さんでいい」

「いや、それは」

「独り立ちした孫への祝い金だ。それに、これから商売のパートナーになるのだ、契約金だと思えばいい。言っておくが、断るのは許さんぞ。これは祖父からの命令だ」

「わかった。感謝するよ、爺さん」

「うむ、それでいいのだ。おっと、そうじゃった。婆さんが屋敷に泊まれと言っておったぞ。断るなよ、婆さんがヘソを曲げたら怖いぞ」

「そうだな。それじゃあ、今日は世話になるよ」

「サンタスは納戸にでも閉じ込めておくから、好きなだけ泊まっていくといい」

ハックルホフの中では、息子のサンタスよりも孫のロドニーのほうが大事らしい。

「今日はエミリアちゃんはいないのか？」

「今回はバニュウサス伯爵への挨拶がメインだから、連れてきていない」

「むぅ。今度はエミリアちゃんを連れてくるのだぞ。いいな、絶対だからな！」

相変わらず孫煩悩のハックルホフの圧が凄い。ロドニーは次はエミリアも連れてくると言って、ガリムシロップの取り引きについて詳細を詰めた。

その後、宿を引き払ってハックルホフの屋敷に移ったロドニー一行は、ハックルホフ夫婦とサンタスの妻と娘のシーマから歓迎された。

サンタスは本当に納戸に閉じ込められ、ロドニー一行が逗留している間は姿を現さなかった。

バニュウサス伯爵の拠点は、大鷲城と言われる城である。壁の色が白と茶で、上空から見た形が翼を広げた鷲のように見えることから、大鷲城と言われるようになった。

その大鷲城の待合室でロドメルと共にバニュウサス伯爵との面会を待っているロドニーは、その高級そうな調度品に気圧されていた。

北部で一、二を争う大貴族のバニュウサス伯爵だけあって、大鷲城も大きいが調度品も高価なものが使われている。ロドニーたちが座っているソファーだけでも、大金貨数枚はするだろう。ロドニーの家では考えられない良い物だ。

しばらく待つと執事が呼びに来て、ロドニーだけ応接室へ通された。先ほどの待合室よりもさらに高級そうな調度品が並んでいる部屋だ。

「よく来てくれた。アデレード＝シュナイフ＝バニュウサスだ」

「初めて御意を得ます。父ベックの死によりフォルバス騎士爵を襲名いたしましたロドニー＝エリアス＝フォルバスと申します。以後、お見知りおきくださいませ」

「座りたまえ」

　バニュウサス伯爵に促されて、ロドニーはソファーに座った。その前には五〇代のバニュウサス伯爵が座っている。視線が鋭く覇気のある人物だ。白髪がやや目立つが、くたびれた印象はない。

　執事が何かの書類を差し出し、バニュウサス伯爵がそれに目を通していく。こういう時の対応を父から聞かされていなかったロドニーは、バニュウサス伯爵が何をしているのかと身構えた。

「ロドニー殿は何歳になるのかな？」

「一五歳になります」

「若いな。その若さで家を継ぐのは、大変なことだろう。困ったことがあれば、私を頼ると良い」

「ありがとう存じます。何かとご迷惑をおかけすると思いますが、その時はよろしくお願いいたします」

　無難な確認から入り、寄親としての形式ばった言葉を紡いだバニュウサス伯爵に、ロドニーも当たり障りのない返答をした。そして、借金の返済を待ってもらったことに、感謝の言葉を忘れない。

「当家は貴家に多大な借財があり、返済もままならずに申しわけなく思っております」

借金の返済を待ってもらわなければならない。そのためには、床に頭を擦りつけるくらいに願い出るつもりだ。

「当主が変わったばかりなのだ、しばらくは返済の必要はない。それよりも、今日はガリムシロップなるものをいただいたとか。私の記憶にはガリムシロップなるものの知識がないのだが、これはなんだね？」

貴族は金に頓着しないという風習がある。それもあってか、バニュウサス伯爵は借金の話をすぐに別の話に切り替える配慮をした。

それがロドニーにはありがたかった。だが、借金の話をしないのと、返済しないという話はイコールではない。

（バニュウサス伯爵に借金を返す。必ずだ）

「甘味料にございます。閣下」

「ほう、甘味料かね。砂糖やハチミツとは違うということかな」

「はい。ガリムシロップはガリムの樹液から作っているもので、デデル領の特産にしたいと思っています」

ロドニーはガリムシロップについて簡単な説明をした。また、祖父ハックルホフの店でも扱うことが決まっていると話した。

ハックルホフがロドニーの祖父だと知っているバニュウサス伯爵は、縁故で扱ってもらっているのだと考えた。

「特産品は領地を富ませるために、とても大事なものだ。がんばりたまえ」

「ありがとうございます」

ここで終わってはいけない。ロドニーはシャケの干物の生産について、切り出す。

「大変恥ずかしい話ですが、デデル領でもシャケの干物を作らせていただけないでしょうか」

「ほう、シャケの干物をか……」

さすがのバニュウサス伯爵も、眉間にシワが寄った。

「シャケの干物がザバルジェーン領の特産品なのは、重々承知しております」

「閣下。発言してもよろしいでしょうか？」

バニュウサス伯爵の側近であるゲルドバスだ。幼い頃に病にかかったゲルドバスは顔の左半分が動かず、辛うじて瞼（まぶた）が緩慢な動きをする。器用に右側の筋肉を動かして喋（しゃべ）ることから、バカにされて生きてきた。

ゲルドバスは持ち前の負けん気を発揮して、苦労しながらも勉学に勤（いそ）しんだ。その結果が、バニュウサス伯爵の側近という地位である。体が不自由であれば、頭を使えばいい。

やればできるのだと、バニュウサス伯爵家内に知らしめた人物だ。

「ゲルドバスか。なんだ?」

「シャケの干物の生産は、シュイッツァー家の権利を侵すことになります」

ゲルドバスは簡単な話ではないと言った。

シュイッツァーはバニュウサス伯爵の家臣であり、シャケの干物の生産を独占している家だ。

バニュウサス伯爵の家臣の中でも発言力が大きい騎士家であり、厄介な家らしい。

「そういうわけだ。すまぬが、私は許可を与えることはできない」

「私のほうこそ、不躾(ぶしつけ)なことを申しました。申しわけありません」

「これは独り言だが、フォルバス家は当家の家臣ではない。よって特産品を作ることを、我が家に断る必要はない」

あくまでも独り言である。だからロドニーに向けた言葉ではない。そう前置きをして、フォルバス家がシャケの干物を特産にしても、バニュウサス伯爵家がとやかく言う権利はないと言った。

(ありがたいことだけど、シュイッツァー家に断らずに作ったら、面倒なことになりそうだ)

ゲルドバスはバニュウサス伯爵の大きな独り言に、手を額に当てて天を仰いだ。

騎士シュイッツァーはバニュウサス伯爵家内で大きな発言力を持つ。そのためバニュウサス伯爵からすると、目の上のたんこぶなのだ。

ロドニーはそのことを知らず、このような提案をした。もし、バニュウサス伯爵が言うように、シャケの干物を作ったら騎士シュイッツァーとの関係は最悪のものになるだろう。それを覚悟してシャケの干物を作るか、断りを入れて作るか、それとも作るのを諦めるか。

ロドニーは判断を棚上げした。

(まずは、シャケの干物以外で、水産物を利用できないか考えよう。そのほうが、面倒が少ない気がする)

バニュウサス伯爵との面会が終わり、ロドニーはホッと胸を撫で下ろす。

借金の催促どころか、返済を待ってもらえる。

シャケの干物に関しては、バニュウサス伯爵の独り言はあったが、騎士シュイッツァーのことを知らないと簡単に判断はできない。

(顔見せとしては、上々だな)

今回は騎士爵家を継承した挨拶だから、借金の返済を待ってもらえるだけで十分だ。

帰りの道でロドニーはシュイッツァーについてロドメルに確認する。

「シュイッツァーという騎士のことを知っているか?」

「先代のベック様に馴れ馴れしく話しかけているのを、二度ほど見ています」

「話の内容は?」

「話の内容は戦のことだったと思います。兵を用いるのがどうこうと、ベック様に偉そうに申しておりました」

「戦上手なのか？」

「さて？　シュイッツァー殿が戦場に出たという話は聞きませんが？」

「はぁ？　戦場に出たことない人物が、戦の話をしていたのか？」

「はい」

「……シュイッツァーのこと、好きになれないかも」

「某もでございます」

（そんな人物だから、バニュウサス伯爵があんな大きな独り言を言ったのか。そいつ、主家に嫌われて大丈夫なのか？）

顔を見たこともない騎士シュイッツァーの評価は、最低なものになった。

✷

ロドニーが退室したのを見届けるとバニュウサス伯爵は、側近のゲルドバスに視線を移した。

「ロドニーをどう見た」

「まだなんとも言えません。まずはガリムシロップなるものを確認しましょう」

左半分が動かないため、右側の口だけを動かして喋るゲルドバスの言葉はやや聞きづらい。それでも、ゲルドバスの才能は策士としてのもので、それを理解しているバニユウサス伯爵は何も言わないし、言う必要もないと思っている。

「そうだな。しかし、また借金を申し込まれると思っていたが、なかったな」

「おそらくはハックルホフに融通してもらったのではないでしょうか。昨日からハックルホフの屋敷に逗留していると聞いております」

「持つべきは大商人の祖父というわけか」

「あの渋ちんのハックルホフが、どこまで支援するかはわかりませぬが」

「それもそうか」

バニユウサス伯爵はガリムシロップを持ってこさせた。念のため毒見をさせるが、部下は頬を緩ませて甘くて美味しいと報告した。それを聞いて、バニユウサス伯爵とゲルドバスもガリムシロップを口にした。

「ほぅ……これはうまいな」

「このガリムシロップを特産にすると申しておりました故、フォルバス家の財政は改善されるやもしれませんな」

甘味の中に香ばしさがあり、旨味もある。砂糖のようなしつこさがないと感想を持った。

「これを扱うのは、ハックルホフだったな。あのジジイは口八丁手八丁だから、売れるだろう」

「はい。値段にもよりますが、売れる可能性は十分にあります」

「何もなかった最北の辺境の地で、特産品が生まれるか」

寄子が借金苦で領地経営を破綻させたら、寄親としての管理能力を疑われる。限度はあるが、フォルバス家への支援は吝かではない。むしろ一定の依存は望むところだ。借金という繋がりがなくなり、統制がきかなくなるほうが困った事態になる。

一方、ハックルホフの屋敷に帰ったロドニーは、従妹のシーマに捕まった。

「ロドニーさん、おかえりなさい」

「ただいま、シーマ」

帰ってきたばかりのロドニーの手を引いて、シーマは屋敷を出た。まったく休む間もなく連れ出されてしまったロドニーは、バニュウサス伯爵との面会が終わったら一緒に買い物に行く約束をしていたのを思い出した。

「あそこだよ、ロドニーさん」

「え……」

シーマがロドニーを連れていった場所は、女性専用の服屋だった。服屋はまだいいのだが、そこには下着まで陳列されていた。ロドニーが入るには、かなり勇気の要る店だった。

「ここは……」

「ほらー、はやくー」

シーマに手を引かれ、店の中に入った。富裕層向けのオーダーメイド専門店で、可愛らしい服や豪華なドレスなどのサンプルが飾られている。そして、ロドニーが入るのを躊躇(ちゅうちょ)した原因である女性用下着もだ。

前世の記憶にある下着とはかなり形状が異なるが、それでも女性用下着を前に挙動がおかしくなる。

「ねえ、これなんてどうかな?」

「ぶふっ」

シーマが下着を当てて見せてくる。服の上からだが、若い女の子がそんなことをしたらダメだと視線を逸(そ)らした。

「もう、それじゃあ見えないでしょ」

シーマは移動してロドニーの視界へ入る。そしたらロドニーがまた視線を逸らす。鼬(いたち)ごっこだ。

「もういいわ。次はドレスよ。今度伯爵のところのパーティーに着ていくの。ロドニーさんも行くよね?」

「いや、俺は――」

行かないと言おうとしたが、それよりも先にシーマが喋り倒す。

「一緒に行くんだから、ロドニーさんの服も作らないとね」

「いや、だから――」

「これ、いいと思うの。どう、似合うかしら?」

「……似合うと思うよ」

「本当に?」

「ああ、本当だ」

「じゃあ、これにするわ。もう少し淡い色合いの生地にしてもらえるかな」

シーマは店員に細かな仕様を伝えた。店を出てからサイズを測らなかった理由を聞いてみた。

「三日前にも服を頼んだから、採寸はその時にしているの」

オーダーメイドの服やドレスは非常に高額だ。それを三日前にもオーダーしているとは、さすがは大商人の孫娘だと思った。それを思ったロドニーもまた、大商人の孫である。ただ、ロドニーは仮に金持ちになったとしても、服をオーダーする時は、必要に応じてだろない。

う。これまで一五年間、貧乏をしてきた気質は簡単には直らないし、直そうとも思ってい

「ところで伯爵のパーティーなんて、いつあるんだ?」

「戦争とかないと、月に一回はあるわよ。全部出るつもりはないけど、適度に出ておかないと、面倒なことになるから」

月に一回と聞いて、ロドニーは頬を引きつらせた。パーティーに出るには服を作らなくてはならない。しかも、一回一回別の服をだ。そんな財力はフォルバス家にない。

また、毎月パーティーがあるとは聞いたことなんてない。これまでは父のベックが何かと理由をつけてパーティーの出席は断っていたのだろうと予想ができた。

お昼をお洒落(しゃれ)な店でとって、その後はロドニーの服を仕立てるとシーマは言った。しかし、今はそんな無駄遣いする気はないし、服に金を使うなら他の物に使いたい。だからロドニーは断ったが、無理やり連れていかれた。

(パーティーに出る予定もないのに、服をオーダーメイドすることに違和感しかない。ここははっきりと断ろう)

「シー……」

「これはシーマお嬢様。ようこそおいでくださいました」

ロドニーの声は店員の声に掻(か)き消されてしまった。店員にはロドニーはシーマの付き人

にしか見えない。それほどロドニーの服装は、貴族のそれからはかけ離れていた。そういう意味では、貴族らしい服を作るのはいいことだろう。いつまでも粗末な服を着ていては、他の貴族にバカにされる。もっとも、フォルバス家が貧乏貴族なのは、誰もが知っていることなんだが。

「今日はこちらのロドニーさんのスーツを作ってくださるかしら」

「はい、もちろんにございます」

シーマと店員の動きは素早かった。オーダーメイドの服は不要だと言おうとしても、その都度機先を制されて何も言えない。商人というのはこうも恐ろしい生き物なのかと、ロドニーは恐怖した。

夕方、ヘトヘトで屋敷に帰ったロドニーは、倒れるようにソファーに座り込んだ。

「お婆様、聞いてよ。ロドニーさんたら、ちょっと買い物したくらいで、動けなくなったのよ。だらしないんだから」

「あらあら。でも、男の子はそんなものよ。女性の買い物が苦痛みたいなの。ウチの人もよくへばっていたわ」

昔の自分たちの話をする祖母アマンが、お茶を淹れてくれた。

「ありがとう、お婆様」

「領主様なんだから、あれくらいでへばっていたらダメよね、お婆様」

「そうね。ロドニーは少し鍛えたほうがいいかもね。ウフフフ」

砂糖の代わりにガリムシロップを入れたお茶で喉を潤す。お茶の香りとガリムシロップの香ばしさが合わさり、意外と美味しい。

美味しいお茶をチビチビと飲みながら、祖母と従妹の会話を黙って聞く。下手に口を出すと長くなりそうだが、口を出さなくてもシーマの愚痴は長かった。

翌日、ロドニー一行は朝早くハックルホフの屋敷を出る。

「もっと頻繁に顔を出すのだぞ。それにエミリアちゃんも連れてくるのだ」

「できるだけ顔を出すようにするよ」

ハックルホフと握手を交わす。

「ロドニー。無理はしないようにね」

「はい、お婆様」

祖母とハグをする。

「今回はウチの人が失礼しました。また元気な顔を見せてくださいね」

「伯母(おば)様もお元気で」

軽く頭を下げる。

「今度来た時は服ができているわ。伯爵家のパーティーに行きましょうね」

「お手柔らかに……」

オーダーメイドの服は、ハックルホフが代金を払ってくれることになった。元々そのつもりでいたシーマは、遠慮なくお金を使っている。これがセレブというやつかと、ちょっと引いているロドニーだった。

✷

長さが二メートルほどの槍の先を研ぎ石で丁寧に研磨する。それが終わると、槍先にカバーをつけて革鎧(よろい)を着込む。大きく息を吐いて顔を叩いたロドニーは槍を持って部屋を出た。

「お待たせ」

部屋の前で待っていたのはソフィアだ。これから二人でラビリンスに入ることになっている。ソフィアは金属を主とした鎧を着込んでいて、防御力はロドニーの革鎧よりも高いのがわかる。

二人で家を出たところで、革鎧を着た妹のエミリアが仁王立ちしていた。

「エミリア。そんな恰好して何をしているんだ?」

「私もついていくの」

「……」

ロドニーは顔をしかめた。

「遊びに行くんじゃないんだ。家で大人しくしているんだ」

「嫌！　もう、誰も失いたくないの！　だから私も行く！」

「エミリアがいたら足手まといだ」

「お兄ちゃんよりも私のほうが強いもん」

「うっ……」

剣の才能がないロドニーに対して、エミリアの剣の才能はロドメルたちが舌を巻くほどだ。だから、ロドニーは言い返せない。

ソフィアもそう思っていて、ウンウンと頷いた。

どうやらソフィアは知っていたようだと、ロドニーは気づいた。だが、可愛い妹をラビリンスのような危険な場所に連れていきたくはない。

「それでも、危険だ」

「お兄ちゃんのほうこそ危険よ」

お互いに一歩も退かず家の前で口論する。その騒ぎを聞きつけて家から人が出てきた。ロドニーとエミリアの母のシャルメだ。

シャルメは夫のベックが戦死してからしばらくは引きこもっていたが、最近は一念発起したようで部屋から出てくることが多くなった。

「エミリア」

シャルメがエミリアを止めてくれるはずだ。ロドニーは助かったと思った。

「しっかりと強くなってきなさい！」

「はい、お母さん！」

「……ちょ、母さん！　なんで止めないの⁉」

「お父様は戦で死にました。それは、お父様が弱かったからです。ですから、二人は強くなりなさい。誰にも害されないくらいに強くなるのです」

唖然(あぜん)としたロドニーに向かってシャルメは指をビシッと差し、言い放った。

「エミリアはロドニーを護れるように強くなりなさい。ロドニーは人を率いる力をつけるのです！」

「任せてよ、お母さん！」

これはダメなやつだと、ロドニーは頭を抱えた。同時に、エミリアを連れていくことが決定したと理解した。

「ソフィア。エミリアも頼むよ……」

「もちろんです。それに、ロドニー様よりもよっぽど鍛え甲斐(がい)があります」

「うっ……それを言うなよ」

ロドニーよりもエミリアのほうが、はるかに戦闘センスがいい。どうせ鍛えるなら、打てば響くエミリアのほうがいいに決まっている。

「そういうことで、よろしくね。お兄ちゃん、ソフィア」

「はい、よろしくお願いします。エミリア様」

「はぁ……母さん、性格変わったよな……」

「まあいいじゃない。吹っ切れたって感じだし」

シャルメは商人の娘として何不自由なく育てられたこともあり、以前はのほほんとした性格だった。落ち込んでいるよりはいいが、変わりすぎだとロドニーは思った。

ロドニーとソフィア、そこにエミリアを加えた三人は海辺にあるラビリンスの入り口へと向かった。

大きな岩にぽっかりと穴が開いている。その穴がラビリンスの入り口だ。入り口の前には簡素な小屋が建てられていて、領兵が詰めている。

ラビリンスは生命光石を集めるために必要な場所で、どの領地でも領主が管理している。フォルバス家もその例に漏れず、ラビリンスを管理するために領兵が詰めているのだ。

ソフィアの顔を見た領兵たちが背筋を伸ばして敬礼した。領主よりも従士に敬礼するというのは、なかなかシュールな図だ。

ロドニー、ソフィア、エミリアの三人でラビリンスに入る手続をしてもらい、ラビリンスへ入っていく。手続といっても、帰ってこなかった時のために誰が何日の予定でラビリンスに入ったか記録するだけだ。

今回は初めてのラビリンスだから、夕方には戻ってくる予定と記載した。

階段を下りていくと、まるでそこは地上だった。階段から道が続き、まばらに家屋がある。その家屋は廃屋ばかりで倒壊しているものもあった。

このラビリンス名は『廃屋の迷宮』という。それがこの光景を表した言葉なのは、言うまでもない。

「空も太陽もあるのか」

空を見上げると光が注がれ、ロドニーは眩しさのあまり目を閉じる。

穴の中なのに太陽や空があるのが、ラビリンスの異常なところだ。

三人は廃屋がまばらに配置されているラビリンス内を進んだ。

「お兄ちゃん、あそこに人が……あれ？　人？」

エミリアの声でロドニーが見たのは、人型のセルバヌイだった。猿のように腕が長く、青白い肌をしているのが遠目でもわかる。

「あれがセルバヌイのゴドリスです。長い腕の攻撃に注意が必要です」

ソフィアがゴドリスというセルバヌイの情報を教えてくれるが、ロドニーも書物から得た知識があった。廃屋の迷宮の一層に出没するセルバヌイは数種類。その中でもゴドリスは最も多いセルバヌイだ。

「最初は私ね」

「おい、大丈夫か？」

「大丈夫だよ。任せてちょーだい！」

エミリアは細剣を抜き構えた。メリリス流細剣術特有の構えだ。

速さと突きが特徴のメリリス流細剣術を、エミリアは従士の一人から学んでいる。その従士は戦争の怪我で療養しているが、そろそろ復帰できそうだ。

「はぁぁぁぁぁぁっ！」

一気に間合いを詰めたエミリアは、細剣をゴドリスの喉に突き刺した。その動きにゴドリスはまったく反応できず、エミリアは剣を横に引いてその首を裂いた。

「強い……」

やはりエミリアは強いとロドニーが感嘆していると、倒れたゴドリスが砂塵となって消え去った。その跡に残ったのは、砂時計のように中央が細くなった透明な生命光石だ。

「お兄ちゃん、これが生命光石なんだね」

エミリアが生命光石を拾い上げ、笑顔で駆けてきた。たった今、ゴドリスを殺したというのに、まったく気にした素振りを見せない。

「大丈夫なのか？」

「何が？」

「セルバヌイといっても生き物を殺したんだぞ」

「そんなの気にしてたら、セルバヌイなんて倒せないわよ」

なんとも達観している妹だ。果たして自分は妹のように割り切れるだろうか。だが、どんなことをしても強くならなければいけない。戦死なんかしたくないからだ。

「そうか。それじゃあ、次は俺だな」

自分もやればできると、槍を持つ手に力が入る。そこにゴドリスが廃屋から出てきた。

「援護します」

ロドニーが槍を構えると、ソフィアが背中の大剣を抜いた。細い体のどこにそんな力があるのかと思うような重そうな大剣だ。

ソフィアが修めているキリサム流豪剣術は、こういった大きな剣を使う。エミリアのメリリス流細剣術が速度と鋭さの剣なら、キリサム流豪剣術は全てを破壊する剛の剣だ。

ロドニーは共に修めることはできなかったが、二人は達人への道を進んでいる。

ゴドリスが三人を見て長い腕を揺らしながら走ってくる。白目ばかりの目を血走らせているゴドリスを見て、ロドニーはゴクリと喉を鳴らす。

「ガァァァッ」

飛びかかってきたゴドリスへの恐怖で、ロドニーは動きが硬くなる。危うく長い腕から繰り出される爪の攻撃を受けそうになったが、ソフィアがその腕を切り飛ばした。

「ロドニー様。動きが悪いですよ」

「お、おう……」

「お兄ちゃん、がんばってー」

（ゴドリス程度に怖がって体が動かないとは、我ながら情けない）

腕を一本切り飛ばされたゴドリスは、痛みで地面を転がり回った。

（セルバヌイでも痛みを感じるのか。人間とそれは変わりないということなんだな）

痛みで転げ回っていたゴドリスが立ち上がり、怒りの視線をロドニーに向けた。

「え、俺？　ソフィアじゃないのかよ」

「ロドニー様は何を言っているのですか？」

「あ、いや、なんでもない」

動きが悪くなったゴドリスを倒すのは難しくなかった。ロドニーが突き出した槍がゴドリスの胸に刺さる。たまたま槍を出したところに、ゴドリスが勝手に突っ込んできた感じになった。ゴドリスは砂塵となって消え、生命光石を残した。

「お、俺がやったのか」

「おめでとうございます。ロドニー様」

「お兄ちゃん、おめでとう」

「ありがとう」

（兄としては微妙な心境だよな……）

なんとも冴えない初戦だったが、何はともあれゴドリスを倒すことができた。

拾い上げた生命光石はただ透明なだけの石だったが、それがなんとも美しい輝きを放っているように見えた。

「ロドニー様。次のゴドリスが来ます」

（感傷に浸る間もないのかよ）

ソフィアとエミリアの手助けもあって、ロドニーは次のゴドリスも倒せた。エミリアと違って一対一では倒せないが、二人の助けがあればなんとかなる。ロドニーとしては情けない話であった。

（あれだけ大口を叩いておきながらこれか。やっぱり俺には戦いは向かないのか。いや、剣や槍を振るだけが戦いじゃない。俺は俺にできることを探して、それを追求しよう）

剣も槍も三流。それでもやれることがあるはずだと、ロドニーは試行錯誤することを決意する。

その日、三人で二八個の生命光石を手に入れた。三等分しようと提案したが、ソフィアはそれを辞退した。

「その生命光石から得られる根源力は、すでに手に入れてますので私は要りません」

「それじゃあ、ソフィアの分は相場で買うよ」

「そのような必要はないです。どうぞ、ロドニー様がお使いください」

ソフィアは固辞したが、そういうわけにはいかないと買い取ることにした。

「それじゃあ、エミリアと俺で一四個ずつだ」

「私は三分の一でいいわ。ソフィアのを買い取ったのはお兄ちゃんなんだから、お兄ちゃんが使えばいいと思うよ」

「お前もか……」

「私は九個もらうから、あとははい」

エミリアは一九個をロドニーに渡し、自分の取り分を抱え込んだ。

生命光石は真ん中の細い部分を折った者に、根源力を与える。ただし、その確率はかなり低く、それこそ一〇〇回使ってやっと根源力を得ることができるというものだ。

「さてとー。お楽しみの時間だよー」

そう言ってエミリアは生命光石をポキッと折った。生命光石は粒子となって消え去った。

「うーん、ダメだったみたいー」

まったく躊躇することなくポキッポキッと折っていく。結局、エミリアは根源力を得ることはできなかった。悔しさを微塵（みじん）も見せないエミリアの視線が、ロドニーに注がれる。

「お兄ちゃんも早くやりなよ」

「お、おぅ」

エミリアに急かされて一個目の生命光石を折る。何も感じなかった。根源力は得られなかったようだ。

「次から次へとじゃんじゃん折ってー」

エミリアに二個目を渡されて折る。今度も何も感じない。どんどん渡される生命光石を折っていくが、一九個全部折っても何もなかった。

「お兄ちゃんもなしかー。残念」

「そう簡単に根源力を得られないというし、こんなものだろう」

我が事のようにエミリアは残念がった。そのおかげで、ロドニーが悔しいと思うことはなかった。

✦

二日に一度はラビリンスに入っているが、まだ根源力は得られていない。すでに一〇〇個以上は生命光石を折っていて、ロドニーもさすがに焦れている。

今日はラビリンスではなく、書類仕事の日。デスクに向かって帳簿をつけていると、ノック音が聞こえた。入室を許可すると従士たちが入ってきた。

偉丈夫の従士長ロドメル、古参のホルトス、鋭い視線の紅一点ソフィアの他に、三〇代のロクスウェルと二〇代のエンデバーもいる。ロクスウェルとエンデバーは、戦争で手傷を負ったことで静養していた二人だ。

「長い間お休みをいただき、ありがとうございます」

「これよりは、両名とも粉骨砕身働く所存にございます」

ロクスウェルは左頬に切り傷の痕が残ってしまったが、エンデバーは見えるところに傷痕はない。

「二人が復帰してくれて助かる。あと、すでにロドメルたちには言ってあるが、当家は資金難に陥っている。その打開策としてガリムシロップを特産品として売り出している。そのことを理解しておいてほしい」

「「はい」」

あと一カ月もすれば、ガリムシロップの工房が完成する。工房自体は未亡人たちに運営を任せることになるが、その警備などもしなければならない。ロドニーは重要な産業だからと強調した。

二人はロドメルから資金難、借金苦のことを知らされており、素直にロドニーの言葉に従った。

「ところで、ロドメル。今年の作物の育成はどうだ？」

収穫の秋であり、領主としては作物の出来が気になる。それによって税収が決まるのだから。

「このままなら例年並みだと思われます」

「そうか。わかった。皆、下がっていいぞ」

従士たちがそれぞれの仕事に戻ると、ロドニーの仕事場は閑散とした。五人がいなくなっただけで、かなり寂しいものだとロドニーは思った。

「例年並みか。つまり税収は大金貨一二〇枚ほどということだな……」

デデル領では、大麦とライ麦の二種類の穀物を栽培している。これらに村人から徴収する人頭税と、商人や商店から徴収する商取引税がフォルバス家の収入となっている。その総額は、およそ大金貨一二〇枚。

人口一〇〇〇人ちょっとの小さな村だから、贅沢をしなければ十分に領地経営ができる額だ。しかし、数年に一度は大きな嵐による被害があって、その度に収入は激減する。しかも、家が倒壊した領民に寝る場所を与えなければならない。そうしなければ、領民はこの土地を捨てて他の土地へ行ってしまう。

今年は今のところ嵐は来ていない。あと数日もすれば刈り入れも終わるから、このまま来ないでほしい。だが、ロドニーの思惑など関係なく来るのが、嵐や地震などの天災だ。

ハックルホフが借金をチャラにしてくれたおかげで、借金の額は減った。バニュウサス伯爵には利子だけを支払うとして、メニサス男爵の借金はできるだけ早く返却したい。

「なんだよ、この年利一二割って」

毎月元金の一割が利子として増えていく。利子を払うだけでも大変なのは、メニサス男爵から借りた金の利子が法外だからだ。年間で一二割の利子が取られている。

元金は大金貨八〇枚。年間九六枚の大金貨を利子だけで払っている。それだけで税収のほとんどが飛んでいき、ハックルホフに返済を待ってもらうだけではなく、金を貸してもらっていた。

「ガリムシロップが売れることを願うしかないのが焦れったいところだな」

両手で頬杖(ほおづえ)をついていると、ノック音がした。入室を許可すると、入ってきたのはソフィアだった。

「ハックルホフ様の商隊がやってきました」

「爺さんの……ガリムシロップの件だな」

商隊を率いていたのは、二番番頭のマナスだった。マナスは今あるガリムシロップを全部引き取りたいと言った。

「まだ二〇〇キロほどしかないぞ」

「それで構いません。次の王都への船に載せたいのです」

ハックルホフが王都でガリムシロップを売り込んだところ、注文が殺到しているとマナスは言った。量さえ揃えば、王都だけでなく他国にも売り込みたいと言う。

「そんなに売れているのか？」

「それはもう、大変な人気になっています」

倉庫に保管されていたガリムシロップを積み込むと、マナスから金の入った革袋を受け取った。

「商会長はあればあるだけ売れると仰っておりました。失礼とは存じますが、増産を急いでいただけますでしょうか」

「わかった。できるだけ増産を急がせる」

「ありがとうございます」

ロドニーは商隊を見送ると、ガッツポーズをした。

「っしゃっ！」

現金が手に入ったのも嬉しいが、王都でガリムシロップが大好評だと聞いたことがとても嬉しい。これで自信を持って増産に踏み切れる。

「よかったですね、ロドニー様」

「ああ、これで破綻しなくて済む！」

ロドニーは嬉しさのあまり、ソフィアを抱き上げてクルクルと回った。

「ちょ、ななな、何を⁉」

「あ、すまない。嬉しくて、つい」

「まったく……」

ソフィアもまんざらではなく、頬を赤らめていた。ロドニーもまた頬を赤くした。周囲にいる領兵や未亡人たちは、その初心(うぶ)な二人を見てにやけている。

「ソフィア。顔が赤いわよ」

「ななな、何を言うんですか、お婆様！」

「ロドニー様。ソフィアは奥手ですが、よろしくお願いしますね」

「何を言っているんだ、リティ！」

ソフィアの祖母でフォルバス家のメイドをしているリティが、二人をからかうと周囲から笑い声が起きた。

「ゴホンッ。あー、そのなんだ。えーっと、皆には苦労をかけるが、ガリムシロップは作れば作るだけ売れる。よろしく頼むぞ」

「「はい」」

話を無理やり変えたロドニーに、皆は大きな声で返事をした。

ロドニーはその足でガリムシロップ工房の建築現場を視察する。

「棟梁(とうりょう)、工房はどうだ？」

「もうすぐ完成でさぁ、領主様」

「それは助かる」

予定より早く工房を完成させてくれる棟梁に感謝して、ロドニーは家に戻った。そこで気づいたが、ソフィアも家についてきていた。

（なんというか、気まずい。どうしたらいいのか？　そうだ、あれを！）

ロドニーは棚から三個の壺を取り出した。

「ロドニー様、それはなんでしょうか？」

「これは酵母種というものだ」

前世の記憶によれば、干しブドウから酵母液を作ることができる。干しブドウはやや高価だが、バッサムで手に入れることができるものだ。

煮沸消毒した壺に干しブドウと水を入れて時々ひっくり返してやると、数日で酵母液ができる。その酵母を小麦粉（全粒粉）に混ぜて数日待つと、酵母種ができるのだ。

デデル領では小麦の栽培はしていない。そこでライ麦で酵母種を作ってみた。この世界のライ麦と前世のライ麦がまったく同じものだとは限らないが、やってみて成功したら儲けものという考えだ。

まだライ麦の酵母種ができたばかりでパンを焼いたことはない。それを今から試そうというのだ。

「ライ麦パンを作るから、ソフィアも手伝ってくれるか」

「パン……ですか」

ソフィアの目が泳ぐのを、ロドニーは見逃さなかった。

「まさか、ソフィアはパンを焼けないのか？」

村の女性のほとんどはパンを焼く。畑を耕し、料理をする。それが田舎の女性というものだ。

「そ、そのようなことは……」

「そうか、パンを焼けないのか。まあ、ソフィアには剣があるからな。その分、俺がパンを焼いてやろう」

「ですから、私は」

「いいから、いいから」

ロドニーはライ麦パン作りを始めた。その顔は妙ににやけていた。

「あ、窯に火を入れておいてくれ」

「……わかりました」

途中で発酵させるために寝かせたら、膨らんでいた。それを見ると、酵母の効果があったのだと思えた。そのライ麦パン作りを、ソフィアは興味津々の目で見ていた。

拳大の大きさに分けたパン生地を窯に入れ、しばらく焼く。村で焼かれている硬いライ麦パンよりも少しでも柔らかくなれば良い。そう思いながら、ライ麦パンが焼けるのを待つ。

しばらくしてライ麦パンが焼けるいい匂いがしてきた。そろそろ焼けるかと思ったロドニーは、酵母液を作る時に使った干しブドウとガリムシロップを用意する。

「よーし、焼けたぞ」

「お兄ちゃん、パンを焼いたの？」

いい匂いに誘われてエミリアがやってきた。

「あらまあ、いい匂いだこと」

母のシャルメもキッチンにやってきた。

「二人も食べる？」

「もちろん、食べるわ」

「いただこうかしら。ウフフフ」

焼けたライ麦パンを窯から出すと、いい感じにキツネ色をしていた。剣の腕はダメでも料理は幼い頃からやっていてそれなりの腕のロドニーにとって、パンを焼くことは朝飯前である。

ライ麦パンを切り分ける。これまで食べていた硬いライ麦パンのイメージからはほど遠い柔らかさだ。切り分けたライ麦パンの上に干しブドウをのせ、ガリムシロップをかける。

それを三人の前に置いた。

「あら、美味しいわ。それにこのパンは、とても柔らかいのね」

「本当だ！　パンが柔らかくてガリムシロップをかけなくても甘いよ。この干しブドウの酸味がいいアクセントになってるよ、お兄ちゃん」

「お、美味しい……」

三人が美味しいと言いながら柔らかいライ麦パンを完食した。その食べっぷりはロドニーも舌を巻くほどのものだった。

＋・＋・＋・＋・＋・＋・＋・＋・＋・＋・＋
＋・＋・　二章　強兵の種編　・＋・＋
＋・＋・＋・＋・＋・＋・＋・＋・＋

胸に槍を突き立てると、ゴドリスは砂塵となって消え去った。なんとか一人だけでゴドリスを倒すことができたロドニーは、生命光石を拾い上げて感慨深げに見つめた。

「かなり動きがよくなってきましたよ、ロドニー様」

「お兄ちゃんもやればできるんだよ。これからもがんばろうね！」

ソフィアに動きがよくなったと褒められて嬉しいが、まるでエミリアのほうがお姉さんのような言葉に凹(へこ)む。

エミリアは複数のゴドリスを相手に戦っても余裕だが、ロドニーは一対一がやっとなのだ。戦いに関してはエミリアの才能が勝っている。これは以前からわかっていたことで、今さら逆転できるとは思っていない。

その日、ロドニーたちは四五個の生命光石を得て帰還した。

ソフィアが同行してくれているから適切なアドバイスがもらえ、実戦経験を積むことでゆっくりだが成長していると感じられた。

「一般領兵にも追いつけないのは、やっぱり根源力だよな」

通常は一〇〇個の生命光石を使って、やっと根源力を得られる。すでに一〇〇個以上の生命光石を使っているロドニーだが、未(いま)だに根源力を得られていない。

「何がダメなんだろうか？」

本日回収した生命光石をデスクの上に並べ、そのうちの一個を手に取った。

「エミリアは俺と違って二〇個くらいで根源力を得ているんだよな。そういうところでも才能の差というものがあるのかな？」

エミリアのその確率はかなり稀有(けう)なものだ。まだ一個目の根源力なので、偶然という言葉で片づけることもできる。

妹にどんどん差をつけられることに焦りを感じる。焦れったいと思いながら、生命光石を手の平の上で弄ぶ。

「エミリアは『剛力』か、どんどん差は開いていくな……」

倒したセルバヌイによって、得られる根源力は決まってくる。ゴドリスの生命光石から得られる根源力は腕力系の『剛力』、防御系の『強靭(きょうじん)』、感覚系の『敏感』になる。

同じセルバヌイの生命光石から得られる根源力が複数ある場合、そのうちから一種類の根源力しか得られない。二種類、三種類とはいかないのだ。

エミリアはゴドリスの生命石から『剛力』の根源力を得ているから、ゴドリスの生命光石からこれ以上根源力を得ることはできない。それでも、ロドニーが根源力を得ていないことから、共にゴドリスを狩ってくれている。

「よくもこんな不毛なことに金をつぎ込めるものだ」

貴族の子弟は常識として三つの根源力を得ている。集める方法はいくつかあって、自領の領兵たちに集めさせたり、ハンターと呼ばれるセルバヌイ討伐専門の職業の者たちから買い上げたり、他の領主が売りに出したものを買ったりだ。

ラビリンスは基本的に、貴族が管理している。だから領兵しか入れないことが多い。だが、国が管理しているラビリンスは、ハンターに開放されているものもある。

どの貴族も上納用の生命光石を集めないといけないため、ハンターにラビリンスを荒らされたくないという気持ちがある。そこで、貴族が管理しているラビリンスは、領兵以外に入ることを禁止しているのだ。

また、貴族が子弟に与える生命光石は、ハンターから買い求めることもある。それなりの金額になるが、同じ根源力が固まらないようにする意味があるようだ。

デスクの上に並ぶ生命光石を、一つ一つ丁寧に折っていく。しかし、まったく根源力を得ることはできない。そして最後の生命光石を手に取った。

「この下級生命光石一つで大銀貨二枚……。俺はこれまで大金貨二枚以上にもなる生命光石を消費しているのか。そう考えるだけで借金の返済に充てたほうがいいと……いやいや、これは将来のための先行投資だ。切羽詰まった時に根源力を得ようとしても無理が出るからな」

最後の一個の生命光石を鼻と上唇で挟み、椅子に背を預け手を頭の後ろで組む。

生命光石は下級、中級、上級、最上級に区別されるが、騎士爵は下級生命光石を上納するのが法で決まっている。ただし、中級生命光石でも上納はできる。その場合は下級生命光石の三個分として計算してもらえる。

だから、デデル領の領兵たちは廃屋の迷宮の四層以降の深い層で、中級生命光石を残すセルバヌイを狩る。三層以下で狩りをするのは、訓練を兼ねた新兵が多い。

（そもそもこの生命光石はなんだ？　なぜ根源力を得られる？　さっぱりわからない）

椅子の後ろ側二本の脚でバランスを取りながらゆらゆらと椅子をゆらして考えるが、生命光石の秘密がそんなに簡単に理解できるものではない。

その時、バランスを崩して椅子が大きくぐらついた。

「うわっ、ガッ⁉」

バランスを崩したところで声を発したために、鼻と上唇で挟んでいた生命光石が口の中に入ってしまう。さらに、ロドニーは後方に倒れ、その衝撃で口の中の生命光石を噛み砕いてしまい、生命光石は粒子となってしまった。

「がぁぁぁっ⁉」

両手で頭はカバーしたので大丈夫だったが、口の中で粒子が吸収されたせいか、まるで血液が沸騰したような激しい痛みを全身に感じ、声にならない声を発してしまう。

胸を押さえ体を左右に揺らして苦しさに耐え、体中の毛穴から汗が噴き出す。前世の記憶を思い出した時はかなりの倦怠(けんたい)感があったが、こちらは激痛だ。

「はぁはぁ……なんだ……あれ……？」

根源力を得た感覚がし、意識を集中すると『剛腕』に関する情報が頭の中に流れ込んできた。

「おいおい、これはなんだよ？」

ゴドリスの生命光石から得られるのは、下級根源力の『剛力』のはず。中級の根源力が得られたという記録はない。それなのに、今回ロドニーが得た『剛腕』は中級根源力だった。本来得られるはずの『剛力』の上位の根源力になる。

ゴドリスのような弱いセルバヌイから中級根源力の『剛腕』が得られるなど、常識では考えられないことだった。

「食ってしまったからか？」

図らずも生命光石を口の中で噛み砕いてしまった。それしか理由は考えられない。そこでロドニーの頭の中にあることが浮かんできた。

「常識外れの『剛腕』を得たということは、考えようによってはこれまでの常識は通用しないのではないか」

生命光石を使うことの常識は二つ。

一つ目は下級セルバヌイの生命光石からは、下級根源力しか得られないこと。

二つ目は同じセルバヌイの生命光石からは、一種類しか根源力を得られないということ。

この二つのうち、一つ目の常識は覆された。ロドニーがその証人なのだ。だったら、二つ目の常識も覆るのではないかと考えた。

「他にも生命光石があったら確認できるんだが……」

最後の生命光石を使ってしまったので、手持ちの生命光石はゼロになった。確認したくても確認できないが、あのような激痛は勘弁してほしいと思った。だが、もしかしたらと思うと、やらないわけにはいかない。そのためなら、あの程度の苦痛は許容できる。

「とにかく、この『剛腕』を試してみたい」

ロドニーは家の裏庭に出て、薪割り用に置いてある斧を手に取った。その重さを確認して、今度は『剛腕』を発動させてみる。

根源力というものは、意識して発動させないと使えない。最初は発動に慣れるまでに時間がかかると言われている。ロドニーは意識を集中して『剛腕』の発動を誘引した。しばらくすると、体中に高揚感のようなものが得られた。これが『剛腕』の力だと本能でわかった。

斧を持ってみると、明らかに先ほどよりも軽い。まるで重さがないような斧を薪に振り下ろすと、薪は見事に真っ二つになった。これほど楽に薪割りをしたことは、これまでにない。それだけで『剛腕』の根源力が素晴らしいものだと感じられた。

「あっ……」

気を許したせいか『剛腕』が解除されて、斧の重みが手に戻った。危うく斧を足の上に落としそうになって焦ったが、それ以上に『剛腕』を得たことの高揚感がロドニーを支配した。

「ふ――……」

(これなら俺でも戦えるかもしれない。それに、生命光石を食らうことで中級根源力を得られるなら、『強靭』の上位の『堅牢』や、『敏感』の上位の『鋭敏』を得られるかもしれない)

楽しくなってきたと、再び『剛腕』を発動させて持続できるように訓練を始めることにした。

目についたのは庭石だった。二〇キログラムくらいの重さがありそうな石を、『剛腕』を発動させて持ち上げる。『剛腕』がなければ持ち上げるのにかなり苦労するその石を、ロドニーは軽々と持ち上げることができた。そのままできるだけ長く『剛腕』を持続させる。

翌日も朝から『剛腕』を発動させて、石を持ち上げて訓練しているとソフィアがやってきた。

「おはよう、ソフィア」

「おはようございます、ロドニー様。何をしておられるのですか？」

「根源力を得たから、試していたところだよ」

「それはおめでとうございます。石を持ち上げているとこを見ると、得られた根源力は『剛力』ですか」

ロドニーは頬を緩めてもったいぶった。

「気持ち悪い顔をしていないで、早く教えてください」

「ロドニー様です」

「気持ち悪いって……ソフィアは俺をなんだと思ってるんだよ」

「………」

文句を言いたかったが、それよりも根源力を得たことが嬉しくて文句は言わない。そんなロドニーは、ソフィアに顔を寄せるように手招きする。ソフィアが素直に顔を寄せると、その耳に向かってロドニーは息を吹きかけた。

「ひゃっ!?」

耳に息を吹きかけられたソフィアは可愛らしい声を出した。鋭い視線がさらに鋭くなって、ロドニーを睨む。

「ごめんって、もうしないよ」

顔の前で手を合わせるロドニーに、ソフィアは嘆息した。

二人の楽しそうなその光景を、シャルメとエミリア、そしてリティに見られているとは思ってもいない。三人は遠目に眺めながら「焦れったい」「抱き寄せろ」などと、やきもきしながら見守っている。

「早く教えてください」

「はい。それでは失礼します」

ソフィアの耳元でロドニーは囁く。今度は息を吹きかけることはしなかった。

「ごにょごにょ」

「はぁ？」

普通なら得られない『剛腕』を得たと言うのだから、ソフィアが声を出すのも当然だ。

「また私をからかっているのですね！」

「いや、違うって。本当なんだよ」

ロドニーは裏庭にある大き目の石を持ち上げてみせた。それは八〇キログラムはありそうな大きな石だった。それを見たソフィアは、目を見開いた。ついでに二人を見守っていた三人も驚いていた。

「これで信じてくれたか？　俺が『剛力』を得ただけでこんな大きな石を持ち上げられると、ソフィアは思うのか？」

「俄かには信じがたいことですが、『剛力』を得たとしても軟弱なロドニー様ではその石を持ち上げるのは無理でしょう」

「軟弱は余分だけど、その通りだ」

ソフィアは納得できないが、理解はできた。

ついでに言うと、ロドニーは剣の腕はダメダメだが、決して軟弱ではない。日々努力していたことで、それなりに筋力はついているし、薪だっていつもロドニーが割っていた。ソフィアの基準では剣の才能がないことを軟弱と言うらしいが、一般的な基準では普通なのだ。

「何はともあれ、おめでとうございます。軟弱なロドニー様が飛躍できるチャンスです。さっそくラビリンスに行って、根源力の力を確かめましょう」

「そうだな！」

ロドニーはソフィアとエミリアを連れて、連日ラビリンスに入ることにした。とにかく、早く『剛腕』を使いこなしたかったのだ。

ラビリンスに向かう道すがら、エミリアにも『剛腕』を得たと教えたら、かなり羨ましがられた。エミリアも『剛腕』が欲しいとせがんだが、あれがまぐれなのか、何か条件があるのかわかっていないロドニーは、慎重に言葉を濁した。兄としてエミリアに、あの苦しみを味わわせたくなかったのだ。

剣を持たせると、自らの手のように扱うエミリア。ロドニーはエミリアのことを天才だと思っている。

✦

あれはエミリアが六歳の頃だった。初めて木剣を持ったエミリアは、一瞬でロドニーを打ち負かした。その頃からロドニーは剣の才能がないと思われていたが、それでもこの頃の二歳の差というのはかなり大きなアドバンテージのはずなのにまったく敵わなかった。

根源力を発動させて維持させるのは、なかなか難しい。だが、天才肌のエミリアは『剛力』を簡単に維持させた。天才というのはこういうものなんだろうとロドニーは思った。

さて、当のロドニーだが、『剛腕』のおかげで瞬間的なパワーは凄まじかった。しかし、発動にやや時間がかかることと、維持できる時間が短いことがネックになっている。こればかりは訓練あるのみなので、努力するしかない。

ロドニーは、努力するのは得意だ。剣術ではそれが報われなかったが、根源力は使えば使うほど練度が上がるはずなのでそれが楽しみだった。

ラビリンスから戻ってきたロドニーは、二〇個の生命光石を前にしていた。

「お兄ちゃんのおかげで、今日は少なかったね」

「いや、俺だって意外だったんだよ」

戦闘術もへったくれもないパワーのごり押し。ロドニーが槍を振り回せば、ゴドリスは吹き飛び塵（ちり）となって消えてしまう。おかげで槍がそのパワーに耐えきれずに折れてしまった。そこで狩りは終了になったのだ。

中級根源力というのは、それほどの力である。そんな力を得ることができたことに、ロドニーは心から歓喜した。

「ところでお兄ちゃん。どうやったら『剛腕』を得ることができるの？」

「まあ、待て。今教えるから」

エミリアに教えるつもりはなかったが、あれだけ力だけのごり押しをすれば、誰でも根源力を得たのだと気づく。しかも、それが下級根源力ではなく、中級根源力である『剛腕』だとエミリアは簡単に見抜いた。

どうやって『剛腕』を得たのか、あまりにもしつこいものだから帰ったら教えるということになった。

エミリアに生命光石を口の中で折ったら、『剛力』ではなく『剛腕』を得たと教えた。

当然だが、あの苦痛のことも話した。意識が飛びそうになるほどの痛みを伴うと強調して話したつもりだったが、エミリアはまったく意に介さなかった。

「なにそれ？　お兄ちゃん、生命光石を食べちゃったの？」

「正確には、生命光石を噛み砕いただけだよ」

「うわー、引くわー」

エミリアに引くと言われ、ロドニーも同感だった。自分でもそんなことをしようとは、思っていなかったのだから。

「本当に体はなんともないのですか？」

「今は大丈夫だ。しかし、あの時はかなり酷い苦痛があったよ。体にかなり負荷がかかる方法なのかもしれない。もしかしたら、今度は死ぬかもね」

「そんな方法をロドニー様にさせるわけにはいきません！」

「いや、俺はやるよ」

「しかし！」

「まあ、聞いてよ、ソフィア」

ロドニーはソフィアを落ち着かせ、エミリーにも言い聞かせるように話を進めた。今のままではロドニーは父ベックの後を追うことになる。戦争は無力な者を容赦なく殺すのだ。だから、多少の危険があったとしても、根源力を得ると語った。

「話はわかりますが、それでも……」

ソフィアは唇を噛んだ。本気で心配しているのだと、ロドニーとエミリアは受け止めた。

「だから、二人はしないほうがいい。俺と違って二人には天賦の才があり、無理をしなくても強いんだから」

「何を言いますか。ロドニー様にだけ危険なことをさせるわけにはいきません。まず、私が生命光石を食べます」

「いや、それは」

「これは私の意志です。ロドニー様であっても、止めることはできません！」

ソフィアはそう言うと、生命光石を一個取って口に放り込んだ。ロドニーが止める間もない早業だった。

「『あっ！』」

ソフィアの行動があまりにも速く、ロドニーは止めることができなかった。

「あぐぅっ……」

「おい、ソフィア。大丈夫か⁉」

「ソフィア！」

ロドニーとエミリアが心配する前で、ソフィアは胸を押さえて苦悶(くもん)する。しかしのたうち回らなかったのは、さすがと言うべきだ。

「エミリア、水だ。水を持ってきてくれ」

「うん！」

エミリアが急いで部屋を出ていく。ロドニーはソフィアの手を握って、励まし続けた。

その甲斐あってか、ソフィアの表情が和らいでいった。ロドニーの時より短い苦しみだった。

「もう大丈夫です」

「本当か？　痛いところはないか？」

「はい。痛みは引きました。それにセルバヌイと戦っていたら、怪我を負うこともあります。それに比べれば、大したことはありません」

「ソフィアは強いな。俺はもっと苦しんだぞ」

「日頃の鍛え方が違いますからね」

「そうだな」

二人して「ハハハ」と笑い合う。そこにエミリアが水を持って部屋に入ってきた。ロドニーとソフィアが手を握り合って笑っている場面に、気まずそうに「あ、ごめん」と言って部屋を出ていった。そこで二人は手を繋いでいることに気づき、慌てて手を離す。とても気まずい。

しばらくしてエミリアが改めて部屋に入ってきた。

「もういい？」

「何を勘違いしているんだ」

「だって、いい雰囲気だったから」

まったくこいつは。と思いながら、ソフィアに視線を向けるロドニー。

「それで、根源力を得たのか？」

「いいえ、残念ながら苦しいだけで、根源力は得られませんでした」

口の中で生命光石を砕いた場合でも根源力の取得の確率は低いのだろうかと、ロドニーは疑問に思った。

「それじゃあ、今度は私ね！」

「エミリア、本当にやるのか？　ソフィアの苦しみようを見ただろ」

「何を言っているのよ、お兄ちゃんは。苦痛があるとしても中級根源力を得られるんだったら、私はやるわよ」

ロドニーのあのパワーを見せつけられたら、黙って見過ごすわけにはいかない。それほどに中級根源力は素晴らしいものだった。あのロドニーがゴドリスを瞬殺できるのだから。

そう、ロドニーでさえゴドリスを瞬殺できるほどの力なのだ。それがどれほど凄いことか、エミリアは理解していた。

エミリアは躊躇なく生命光石を口に放り込んだ。すぐにロドニーやソフィア同様に苦しみ出して、二人を心配させた。苦しみが治まると、根源力を得られなかったとかなり悔しがった。

「それじゃあ、次は俺だ」

「本当に大丈夫ですか？　かなり苦しいですよ」

ソフィアが心配するが、最初にその苦しみを味わったのは自分だと答えた。生命光石を口に入れて嚙み砕くと、あの血が沸騰したような苦痛が全身を駆け巡った。

ロドニーが痛みに弱いのか、それとも他の要因があるのかはわからないが、ソフィアとエミリアよりも苦しがっている。激しく息をして苦しがるロドニーを、二人は心配しながら見守るしかできない。

痛みが治まったところで、ロドニーは根源力を得た感覚を味わった。今回の根源力は『堅牢』だ。この『堅牢』も中級根源力であり、ゴドリスの生命光石から得られる根源力ではない。そして、ゴドリスの生命光石から二つ目の根源力を得た瞬間だった。

「なんでお兄ちゃんばかりなの⁉　私も中級根源力が欲しい！」

「いや、そんなことを言われても……」

エミリアはかなりお冠だったが、これはロドニーにはどうにもできないことだ。それでもエミリアは駄々をこねて、また生命光石を口にした。

「おい！　何をしてるんだよ⁉」

エミリアの行動に反応できなかったロドニーは、苦しむエミリアの背中を擦ってやることしかできなかった。だが、エミリアは今回も根源力を得ることはできなかった。

「まったくお前は、無茶をする」

「だってー、お兄ちゃんだけなんて、悔しいもん」

「だからといって、無茶はするな。いいな」

「はーい」

しかし、今回のことでわかったが、口の中で生命光石を砕いて中級根源力を得られるのは、ロドニーだけの可能性が高い。ロドニーだけのものなら、その理由はなんなのか？　それについて思い当たることはある。

前世の記憶を思い出す前に、カギのかかった引き出しの中にあった本だ。あの本を開いたら光に包まれ、意識を失った。本はいつの間にか消えていたが、あれがあったから経口摂取で根源力が得られると考えれば腑に落ちる。

「もしかしたら偶然と偶然が重なって、二回連続で中級根源力を得られた可能性もあるけど、根源力を得るのは偶然が重なって連続で得られるようなものではないと思っている」

「それってどういうこと？」

「つまり、ゴドリスの生命光石から中級根源力を得られるのは、俺だけの可能性が高いということだ、エミリア」

「なぜそう思われるのですか？」

「根拠はある。と思うぞ、ソフィア」

ロドニーは決して他言しないようにと、二人に念を押してからあの本のことを話した。

意外にも二人はその話をすぐに受け入れた。ロドニーが嘘だと思わないのかと聞くと、ロドニーが嘘を言う必要がないのと、実際に中級根源力を得るという不思議なことが起こっているのだから、その話を嘘だと言う根拠がないと答えた。

その後、時間をおいて落ち着いてから、ロドニーは再度生命光石を口に放り込んだ。苦しみの果てに今度は『鋭敏』の根源力を得た。言うまでもなく、これは『敏感』の上位根源力であり中級根源力だ。

「書籍によれば、ゴドリスの生命光石から得られる可能性がある根源力は、『剛力』『強靭』『敏感』の三種類だ。しかし、嚙み砕くことで、上位根源力の『強腕』『堅牢』『鋭敏』を手に入れることができた。これは俺の勘だけど、これ以上はゴドリスの生命光石から中級根源力を得ることはできないだろう」

「そうですね。その三種類を得たのも、ゴドリスの生命光石から得られる根源力の上位根源力だからだと私も思います」

ソフィアが同意し、エミリアも同じ意見だった。念のためもう一個経口摂取して、根源力を得られるか確認したい。それで仮定が正しいかわかるだろう。ソフィアは反対したが、実験しなければ結論は出ないと説き伏せてもう一個口にした。苦しみが治まっても、中級根源力どころか下級根源力も得られなかった。

「これでわかった。俺は本来得られる根源力の上位根源力を、全て得ることができる。同じセルバヌイの生命光石から得られるはずの根源力の、上位根源力を全てだ」

もしかしたら本来得られるはずの、下級根源力を得ることができるかもと思っていた。

しかし、それは叶(かな)わなかった。そう都合よくはいかないらしい。

同じ系統でも下級と中級を持っていると、その二つを同時に発動させて効果の上乗せが期待できる。それをしたかったのだが、そこまで都合の良い話ではなかった。

念のために全部の生命光石を折ったが、下級根源力は得られなかった。もちろん、こちらは手で折った。

「しかし、無茶をします。せめてもう少し時間を空けてから実験するのが良かったでしょう。すごく疲れた顔をしていますよ、ロドニー様」

「本当だよ。その顔を見たらお母さんがビックリしちゃうよ、お兄ちゃん」

「そんなに酷い顔か」

「はい」

「うん」

なんだか顔が悪いと言われているような錯覚をしてしまったが、これからはもう少し自重しようと思った。

経口摂取だったら、上位根源力の取得率は一〇〇パーセントだ。無理をしなくても他の人よりもかなり早く根源力を得られるはずだ。

✦

従士ロクスウェルの弟に、スドベインという者がいる。従士家の男子だから幼い頃から剣の訓練をしていたが、ロドニー同様剣の才能はなかった。今は村の娘と結婚し農民になっているスドベインを、ロドニーは呼び出した。

「今年の収穫は問題なく終わったようで、何よりだ。収穫量は例年通りだと聞いているが、間違いないか？」

デデル領は広大だが、人が住むのはガルス村とその周辺だけだ。森と山が多く、あまり平地がない土地である。

人口も一〇〇〇人を少し上回る程度で、騎士爵領の中でも少ない部類に入る。そういったことがあり、ロドニーは従士の家族の顔を全員知っている。スドベインもロドニーのことを生まれた時から知っていた。

「はい。例年通りの収穫量です。ロドニー様」

ロドニーはその返事を聞くと頷き、本題を切り出した。

「実はスドベインに頼みがあるんだ」

「私にですか？　なんでしょう」

「当家では、現在ガリムシロップを生産している。これが王都で飛ぶように売れているんだ」

「聞いています。産業がなかったこのデデル領に、ロドニー様が産業を興したと民の間でも評判になっています」

「ガリムシロップ工房が数日前に完成した。そこで、その責任者をスドベインに頼みたいんだ」

「私に……ですか？」

ガリムシロップの生産を管理し、出荷量の調整をするためには、最低限の読み書き計算ができなければならない。未亡人たちの中にも読み書き算術ができる者はいるが、今は生産をするだけで大変でそれを頼むのは忍びない。そこで白羽の矢が立ったのが、スドベインであった。

「ガリムシロップは今が一番大事な時期だ。信頼できる者に任せたい」

フォルバス家への忠誠心があり、ロドニーやエミリアのオシメを替えたこともあるような身近な人物となるとそれほど多くない。

「私のような者に務まりますでしょうか？」

「スドベインは働いてもらっている女性たちとも知り合いだ。まったく知らぬ者よりも、よほど彼女らをまとめられると思っている」

スドベインは農民になったが、従士の息子だ。フォルバス家へ恩返しができないことを心苦しく思っていた。そこにこの話である。自分にできるかどうかではなく、やるべきだと思った。

「わかりました。そのお話をお受けさせていただきます」

「助かる。これからよろしくな」

ロドニーはすぐに稼働し始めた工房に向かった。新築の匂いとガリムシロップの甘い匂いが、心地よい。

「これからこのスドベインが俺に代わってこの工房の責任者になる。そうだな、役職は工房長だ。皆、可愛がってやってくれ」

働いている従業員（未亡人）の多くはスドベインの母以上の世代も多い。それこそ腰が曲がった老婆もいるが、ロドニーは真面目に働いてくれるなら、能力が多少低くてもいいと働かせている。

現在の工房の従業員は五〇人。最初は二〇人で始めたが、三〇人も増員している。

東の森のガリムの数を考えれば、もっと多くの樹液が採取できる予定だ。そういったこともあって、さらに増員を考えている。

竈も五つの予定を八つに変更している。半月後にはあと三つが稼働する。おかげで、ガリムシロップ工房はかなり活気があった。

丁度そこにハックルホフの部下のマナスがやってきた。ロドニーはマナスにスドベインを紹介し、今後はスドベインが出荷や注文の対応をすると話した。

「私はハックルホフ交易商会のマナスと申します。以後、お見知りおきくださいませ」

「スドベインと申します。若輩者ですが、よろしくお願いします」

今日は三〇〇キログラムのガリムシロップを引き渡した。

ガリムシロップは品薄状態が続いていると、マナスが言った。これまでも何度も聞いているが、その言葉を聞くとロドニーの心は軽くなる。

現在のガリムシロップの月間生産量は、一トンを超えている。従業員たちががんばってくれているおかげだが、あと半月もすれば八つ全ての竈が動き出すことから、さらに生産量は増えるだろう。売れなければこういった増産もできなかった。品薄と聞くととても嬉しい。

「次に来る時は、小麦と干しブドウなどのドライフルーツを持ってきてもらえるか」

「小麦とドライフルーツですね。いかほどを用意しましょう」

小麦は一トン、ドライフルーツは干しブドウを五〇キログラム、他にあればそれぞれ一〇キログラムを頼んだ。ガリムシロップの代金と相殺だ。

「承知しました。次の時にお持ちします」

マナスの商隊を見送ったロドニーは、ポツリと呟く。

「文官も要るよな……」

フォルバス家の従士は、武官ばかりで文官がいない。

帳簿つけを始め、書類仕事は全て領主であるロドニーの仕事なのだ。しかも、書類の中には経費に関するものも多いが、計算間違いが頻繁にあるのだ。そういったものを事前にチェックして、修正した書類にできる文官が欲しい。そうすれば、ロドニーの書類仕事の時間はかなり削減され、ラビリンスに入る時間が多く取れるようになる。

「文官を雇おう！」

とはいっても、文官向きの人材は少ない。心当たりのあったスドベインはガリムシロップ工房の責任者にしてしまった。誰かいい人材はいないかと頭を悩ませるが、思い浮かばなかった。

「俺の周囲にいるのは、脳筋ばかりだな……」

従士長ロドメルをはじめ、五人の従士は脳筋だ。幼馴染のソフィアも剣では頼りになるが、書類仕事はまったくダメダメだった。以前書類仕事を手伝ってもらったが、ソフィアの頭から煙が出ていたのだ。

村の中に立札を立てて文官を募集した。集まったらラッキー程度に思っている。ダメだったらハックルホフに頼むつもりだ。

募集の条件は、読み書き算術ができること。できれば、領主のスケジュール管理もしてほしいと募集をかけた。

三人の人物がその応募に応えてくれた。一人目は五〇代の男性、二人目は三〇代の女性、三人目は二十歳にもなっていない男性だった。

ロドニーは三人に同じ計算問題を出して、解いてもらった。三〇問中二八問正解だったのは、三〇代の女性で、五〇代の男性は八問しか正解しなかったし、二十歳にもなっていない男性の正解は二〇問だ。

五〇代の男性には丁重に結果を告げて帰ってもらった後、残った女性と男性に書類を確認してもらった。その書類はロドニーが作ったもので、数カ所の間違いがあるものだ。その間違いに気づけるかを確認する試験であったが、男性は指摘箇所を間違え、女性は見事に全部の間違いを指摘した。

男性を帰した後、最後に面接が行われた。面接はロドニーとロドメル、ホルトスの三人で行った。主に人柄を見るための面接で、いくつかの質問をしてその回答で判断するというものだ。

女性の名前はキリスといって、デデル領の東にあるセッパ領を中心に行商人をしていると自己紹介した。行商人をしているだけあって物腰は柔らかいし、言葉遣いもしっかりとしていた。

「文官の初任給は月に小金貨三枚。三カ月は試用期間で、正式に登用するか判断する。正式登用が決まったら、小金貨五枚になる。これはいいかな？」

「質問があります。よろしいでしょうか？」

まさか給金のことで質問されるとは思っていなかったので、少し驚いたが質問を許可した。

「ただ今、正式登用後は小金貨五枚の給金がいただけるとお聞きしましたが、私の能力が高かった場合、それ以上にいただくことは可能ですか？」

（自信があるのかな？　それとも、もっと多くの給金が必要なのか？　だけど、有能なら大金貨を払ってもいい。それだけの働きをしてくれればだけど）

大金貨一枚あれば、このデデル領では一年近く、王都では半年近く暮らせる額だ。それを毎月の給金として払うのなら、それなりの働きはしてもらわないといけない。

「能力次第では大金貨を出してもいい」

「ありがとうございます。質問は以上です」

その後、いくつかの質問をしてその返答を聞いたロドニーたちは、キリスを採用してもいいと思っていた。最後にキリスが行商人を辞めて、文官に応募した理由をロドニーが聞いた。

「行商は思うほど儲かりません。マイナスにならない販路を開拓して商売をしていましたが、利益の大きな商品は大商人の息がかかっていますし、山賊などの対策に護衛を雇うのも経費がかかります。ですからどこかの商人の下につくか、商人を辞めるかを考えていました。そこに文官募集の立札を見まして、これだと思ったのです」

タイミングが良かったのは、運によるところもあったはずだ。たまたまこのデデル領に行商に来ていなければ、このような出会いはなかったのだから。

ロドニーはこれも運命だと思い、キリスを採用することにした。そのことをロドメルとホルトスに確認すると、二人も問題ないと言った。

キリスは一度セッパ領に戻って身辺整理をしてくることになった。こっちではロドニーが空き家を用意して、そこに住むことになる。ロドニーの家からできるだけ近い空き家を用意して、リティに掃除を頼んだ。

「これで少しは書類仕事が減るかな」

ロドニーはそう思っていたが、はたして思惑通りにいくのだろうか。その答えはいつか出るだろう。

✦

廃屋の迷宮の一層から得られる根源力は、『剛力』『強靭』『敏感』の三種類だけだ。セルバヌイは数種類存在しているが、得られる根源力は被っている。

エミリアは下級根源力の『剛力』『強靭』『敏感』を得た。一方でロドニーは中級根源力の『強腕』『堅牢』『鋭敏』を得た。エミリアは不満げだが、これればかりはどうしようもない。

「新しい根源力が欲しいから、二層に行こうよ！」

一層のセルバヌイでは、エミリアの相手にならない。パワーのゴリ押しだが、ロドニーも一層のセルバヌイでは相手にならない。

廃屋の迷宮の二層には、ガンロウという岩に似た外殻を持つオオカミ型のセルバヌイがいる。岩を背負ったオオカミといった風貌で、その動きは速くないが防御力は高い。

二層は岩場のフィールドの中に石造りの家屋がまばらにある。その薄茶色の景色がガンロウの外殻と馴染んでいたが、『鋭敏』を持つロドニーはわずかな動きの気配を察知した。これも日々の鍛錬の成果だ。

「はぁぁぁっ！」

ガツンッと腕に伝わる衝撃と共に、ガンロウの体が押し潰された。ガンロウは塵となって消え去り、生命光石を残した。

普通の槍ではロドニーのパワーに耐えきれないことから、木の柄を鉄製に変更している。これなら変形はしても折れることは滅多にないだろうと考えたのだが、その考えは甘かった。

「あっ……」

直径四センチメートルほどの鉄の柄がぐにゃりと曲がってしまったのだ。折れてはいないが、これではすぐに折れてしまうだろう。

「やはりただの鉄では耐えきれませんか。真鋼(しんごう)の武器が必要ですね」

ソフィアが言う真鋼というのは、ラビリンスの中で発見される真鉱石と鉄の合金のことだ。加工しにくい反面、適度な弾性と丈夫さがあって、剣にすれば素晴らしい切れ味を誇る武器になる。もちろん、防具としても使える。

「真鉱石は四層に行かないと手に入らないからな……」

一層や二層をうろちょろしているロドニーにとっては、まだまだ先の話のことだった。

「真鋼の武器を得るまでは、もっと太くして強度を上げるしかないですね」

「それしかないか」

それは槍ではなく金棒だと思いながら、それしか今は手がないとロドニーは肩を落とした。

ラビリンスから帰ったロドニーは、すぐに鍛冶屋にもっと太い金棒を造ってもらうことにした。

「構わないが、かなり重いですぜ、領主様」

「そこはなんとかするから、頼んだぞ」

直径四センチメートルの槍でもかなり重かったが、それをさらに太くすると二〇キログラムを超えるかもしれない。しかも、そんな重い金棒を振り回せば、ロドニーの肩が抜ける可能性だってある。そこはなんとか頑張って対応するしかない。

「まさか中級根源力を得た弊害が武器だとはな……」

真鋼の武器は貴重で、あまり出回っていない。

ラビリンス内で過去に採取した真鉱石は、売って金にしていた。真鋼を扱えない鍛冶屋にも、領主家にも在庫はない。

今現在ラビリンスに入っている領兵たちが持ち帰る可能性はあるが、そんなに都合よくはいかないだろう。

ガンロウの生命光石からは、『硬化』という防御系下級根源力が得られる。経口摂取したことで、ロドニーはその上位で中級根源力の『鉄壁』を得ることができた。エミリアも経口摂取に挑戦したが、残念な結果に終わっている。

「やっぱりダメか……」

しょんぼりするエミリアの頭を撫でて慰めたが、サラサラの金髪がぐしゃぐしゃになってエミリアに叱られた。

✦

鍛冶屋に頼んだ鉄の棒は、まさに金棒であった。柄の部分は八センチメートルで、徐々に太くなっていって打撃部分は一六センチメートルになっている。長さは一四〇センチメートルほどあり、両手で扱えるように柄が長めだ。しかも、打撃部分には棘（とげ）が無数についていて、鍛冶師が良い笑みをしてサムズアップしていた。

「あははは。本当に金棒になってるね。てか、重いよ！」

「普通なら持ち上げるのもかなり苦労する重量だな」

重量は二二キログラムあって、『剛腕』を発動しなければ扱うことができないものだ。

「これ、持ち歩くのも大変だな……」

常に『剛腕』を発動させることは、今のロドニーでは不可能に近い。日々の訓練で持続できる時間を少しずつ長くしていくしかないだろう。常に持ち歩くのは骨が折れそうだと、ため息が出る。

ロドニーは持ち運びができるように前世の知識を総動員させた。基本は背中に背負うことにし、登山用のバックパックのように両肩からかけて腰でも支えるようにした。

「なんとかなるか……」

✦

雪が降る前に、文官のキリスが移住してきた。

キリスはセッパ領出身で、ストレートの茶髪を肩の辺りで切り揃えている。一度は王都の商人に嫁いで子供をもうけたが、夫とは離婚している。子供は夫が引き取って、王都で暮らしているらしい。

「これからよろしくお願いいたします」

「こちらこそよろしくだ。まずはこの帳簿のつけ方を覚えてくれ」

ロドニーはキリスに簿記を教えた。

「これは素晴らしい帳簿ですね。初めて見ましたが、収支が一目瞭然です」

キリスはすぐに簿記を受け入れた。元商人だけあって、こういった帳簿つけはお手のもののようだ。

仕事を教えていると、ハックルホフの部下のマナスがやってきた。今回は小麦とドライフルーツを持ってきているはずだ。

「ロドニー様。こちらがご要望のありました、小麦とドライフルーツになります」

「小麦は倉庫に入れておいてくれ」

ドライフルーツは家の中に持ち込んだ。干しブドウの他に、ブルーベリーのようなものとオレンジのようなものがある。

こういったドライフルーツを購入したのは、酵母液を作れるのが干しブドウだけではないからだ。色々なドライフルーツで酵母液を作ることができる。パン作りにどのドライフルーツから作った酵母液が使いやすいのかを試すために、これらのドライフルーツを購入したのだ。

ロドニーが作った酵母液は自家製酵母液、または自家製天然酵母液というらしいが、長い名前なので酵母液と呼称する。酵母種も別の呼び方があるが、酵母種で統一する。

この三種類のドライフルーツを使って、酵母液を作ることにした。

水とドライフルーツの比率などを変え、それぞれ三種類の酵母液を作る。

これから長い冬がやってくる。その間にパン作り以外に酵母液でできることがないか、試行錯誤してみるつもりでいる。

ロドニーは金棒を背負って、ラビリンスに入った。

そんなロドニーたちの前に、ガンロウが現れた。『剛腕』を発動させて金棒を構えると同時に『堅牢』も発動させて、金棒の重さで肩が抜けないように対策した。

襲いかかってきたガンロウを力任せに振った金棒で迎え撃ったロドニーは、五〇キログラムはありそうなガンロウを弾き飛ばした。ガンロウは岩に激突し、塵となって消えた。

「おお！　お兄ちゃん、やっるー」

「ロドニー様、金棒の使い勝手はどうですか？」

「柄が太いから両手でしか扱えないけど、悪くはないと思う。多分、ガンロウくらいなら歪みは発生しないと思う」

その瞬間、金棒がズンッと重くなった。『剛腕』が切れたのだ。

「おっととと。日頃鍛えてはいるけど、もっと鍛えないといけないかな」

「鍛えるのでしたら、付き合いますよ。ロドニー様」

「私はいいや。二人で鍛えてねー」

ラビリンスから出ると、雪が降り出していた。これから長く厳しい冬がやってくるのだと、手の平の上に落ちた雪が溶けるのを見つめた。

ロドニーとソフィアは、毎日裏庭で素振りをするようになった。といっても、金棒をそのまま振るのは根源力を必要とするので、金棒より細い鉄の棒を振っている。それでも普通の剣より倍ほど重い。

ロドニーはその訓練を毎日欠かさず行った。キリスを得たことで書類仕事が減り、訓練に集中することができる。そのおかげで二カ月もするとかなり筋肉がついてきた。

「筋肉が太くなってきたぞ」

力こぶをソフィアに見せて、屈託のない笑みを浮かべる。

ロドニーは筋肉はあったが、細身だった。鍛えても筋肉が太くなることはなかった。それがこの二カ月で腕が太くなった。胸板も厚くなった。それに伴って、地力も上がっていると感じられた。

これは訓練をしていることもあるが、食事がよくなったのも一因だろうと、ロドニーは考えた。以前は滅多に食べなかった肉を、最近はほぼ毎日食べている。今は輸入している干し肉だが、いずれデデル領でも肉を生産したい。

「やっぱり、食事は大事だよな」

逞しくなった腕を見てにやついているロドニーの姿を、ソフィアとエミリアたちはよく見かけるようになった

ロドニーは雪が降って積もっても、素振りを欠かさなかった。素振り中はロドニーの体から湯気が立ち上り、周囲はその熱気で雪が溶けるほどだった。

食事も毎日肉を多く食べるようにした。食べてもそれだけ動けば、太らずに筋肉に変わってくれるのが嬉しかった。

✦

冬になると素振りをしてから少しの政務を行い、酵母液の研究をした。

このデデル領は最北の土地なので冬が長く雪深い。冬の間は屋外での活動はあまりしないのが、昨年までの光景だった。

しかし、今年は領兵を動員して冬の森に入らせた。ガリムの樹液を採取させるためだ。ガリムシロップ工房の従業員たちは高齢の女性が多く、冬の森歩きは厳しい。だから領兵

を動員してガリムの樹液を集めさせているのだ。

領兵たちがガリムの樹液を集めるようになると、女性たちに時間ができた。そこで早番と遅番の二交代でガリムシロップを作る体制に切り替え、生産量がさらに増えたことは非常にありがたかった。

酵母液の研究は、干しブドウから作った酵母がパン作りに一番合った。水と干しブドウの比率は三対一が良かった。

小麦の全粒粉で酵母種を作ると、ライ麦よりもふっくら柔らかなパンができた。

ロドニーはこれも商売にしようと考えている。酵母液を売るのではなく、酵母種を売るのだ。

酵母種は冬なら二カ月、夏はまだ試してないのでわからないが、半月から一カ月くらいは腐ったりカビが生えることはないはずだ。

酵母種が売れなかったら、王都にパンの店を出してもいいだろう。王族でさえ食べたことがない柔らかいパンは、絶対売れる。ロドニーはそう信じている。

さらに乳製品の試作も行う。

ヤギの乳に酵母液を加えてヨーグルトができないか試したら、固まってないチーズのようなものができてしまった。

「ヨーグルトを作ろうとした結果、チーズができてもいいさ」

ヨーグルトでもチーズでも、できれば嬉しい。少しでも売れそうなものなら大歓迎だ。

そのような理由から、チーズ作りに変更。

三種類のドライフルーツから作った酵母液とヤギ乳の比率を変えたものでチーズを試作してみることにした。

ヤギ乳は低温殺菌して使っている。さすがに殺菌してないものを使うのは怖い。

温めたヤギ乳一〇リットルに干しブドウの酵母液を、小さじ一杯入れてかき混ぜる。温度は高すぎず低すぎず管理する。これはまったく固まらず、失敗に終わった。

今度は酵母液を小さじ二杯にしてみる。これもあまり固まらない。

小さじ三杯の酵母液は、柔らかい。

小さじ四杯の酵母液で、固まった。乳白色のナチュラルチーズっぽい。固まったものを味見してみたら酸味が強く苦味があり、わずかなチーズの風味がした。

ナチュラルチーズっぽいものを布で包み圧搾し、水分が抜けた固形物の表面に塩を塗って納戸で寝かせる。

干しベリーと干しオレンジの酵母液でも試したが、干しオレンジは上手くできなかった。干しベリーは干しブドウ同様に、小さじ四杯で良い感じになった。

一週間ほど寝かせたチーズは、乳白色からベージュ色に変化した。

「チーズらしくなったじゃないか」

チーズ（仮）を手に取ったロドニーの頬が緩む。

一センチメートルほどの欠片（かけら）を口に放り込む。いきなり多くを口にして、毒だったら洒落にならない。毒見もかねて少量にしている。その欠片を舌の上で転がすと、チーズっぽい風味をわずかに感じた。また、嫌な感じやピリピリした感じはないので、毒の可能性は少なそうだ。

奥歯で噛むと適度な弾力があって、奥歯を押し返そうとする。構わず噛み潰して咀嚼すると、フワッと口の中に風味が広がった。

「良い感じだ！」

前世の記憶にあるチーズには及ばないかもしれない。だが、これはこれで美味しい。

寝かす期間を増やしたら、もっと美味しくなるかもしれない。

「寝かすとしても、一定の温度になるようにしないといけないしな……」

坑道跡があれば良いが、デデル領にそのようなものはない。

山を掘るとなると、大変なことになる。新しく建てる領主屋敷には地下室を造る予定だから、それを利用するかと考えた。

「しかし、地下室の室温は一定になるのか？」

夏はそこまで高温にならないデデル領だが、それでも暑く感じるほどの気温になる。

地下室は外気温の影響を受けにくいと思うが、チーズに適した環境になるかわからない。

「酵母工房も温度管理は大事だよな。簡単に考えていたが、しっかり考えておかないと無駄な投資になるぞ」

温度の問題がつきまとう製品だと再認識し、考えを巡らせる。

「おっといけない、今はこのチーズの味見と毒見だったな」

初めて作ったチーズにしては、十分に満足いく味になっている。欠片を食べてみるが、吐き気や腹痛はない。

次はチーズを薄く切って、フライパンで軽く焼いてみた。

「香ばしい匂いだ」

口の中に唾液が大量に分泌される。

溶けたところでパンの上に移して、味見する。あまり大量に口に入れてはいけないと思うが、匂いに誘われて大きな口で頬張ってしまう。

「うまい！」

火を入れることで、チーズの癖がまろやかになる。

（俺はとろけたチーズのほうが好きだな）

「何が美味しいのかな、お兄ちゃん」

「っ⁉」

エミリアが匂いに誘われてやってきた。その後ろには母シャルメとメイドのリティ、そしてソフィアもいる。

四人の女性たちの目がロドニーの手に、いや、チーズ・オン・ザ・パンに集まる。

「私たちの分もあるわよね」

シャルメは笑顔だが、目が笑っていない。他の三人も同じだ。

「こ、これは味見と毒見を兼ねているから……はい、用意します」

こんな美味しそうな匂いのものが、毒なわけがない！　四人の目がそう言っている。その圧に恐怖を覚えたロドニーは、すぐに四人分のチーズ・オン・ザ・パンを用意した。

（怖いよ、この四人。チーズの味見で殺されるかと思ったぞ）

「「「「美味しい！」」」」

チーズ・オン・ザ・パンを頬張った四人が歓喜した。

「すぐに大量生産するのです！」

特にシャルメの食いつきは凄かった。

デデル領にもヤギはいるが、十数頭と数が少ない。量産するには多くのヤギ乳が必要で、簡単に手に入るものではないと説明した。

落胆した四人だったが、量産は無理でも家族の分は作れると言うと、大げさに喜んだ。

ロドニーはチーズの作り方をリティに教えた。これでロドニーが作らなくても、チーズが食卓に出てくるようになるだろう。

数日後にやってきたマナスに、ヤギの仕入れを頼んだ。ヤギは畑の雑草を食べてくれるし、乳も出す。それにオスが生まれれば、肉にすることもできる。

羊も欲しかったが、羊はクオード王国にいない。牛は肉が南部の特産になっているから、手に入れることは可能だ。だが、牛を飼うノウハウがないので、簡単には飼えない。だから人を含めて、牛を購入できないか相談した。

「デデル領に移住しそうな牛飼いがいないか、確認しましょう」

税が払えなくなった畜産農家が、税の代わりに牛を没収されて廃業に追い込まれることがある。また次男や三男といった、家を継げないが畜産のノウハウを持っている者もいる。そういった者たちが必ずいるはずだから、ハックルホフ交易商会のコネクションで探してもらうのだ。

「よろしく頼む」

急がなくてもいいから、良い人物がいたら移住の話を持ちかけてもらう。

ハックルホフ交易商会のマナスは、雪の中でもガリムシロップを買いつけに来てくれた。しかも増産していることから、毎回過去最高の収益を記録している。

そんな長く厳しい冬が終わろうとしている。

冬の間に試用期間を終えたキリスは正式登用になった。彼女の仕事ぶりはロドニーも舌を巻くほどで、簿記を教えたらすぐに慣れてくれた。

キリスには文官の他に、ロドニーの秘書官、そしてガリムシロップ工房の会計担当になってもらった。それでも彼女はそつなく働いた。

「約束通り、キリスの給金を上げる」

「ありがとうございます」

キリスの給金は、毎月大金貨一枚になった。これは領兵の一〇倍の給金である。それだけキリスの能力を高く評価しているという表れだが、キリスだけ上げて領兵を上げないわけにはいかない。領兵の給金についても、上げようとロドニーは思った。

「ご当主様。十分な資金が貯まりましたので、メニサス男爵の借金を全て返済しましょう」

「こんなに早くメニサス家への返済ができるとは思ってもいなかったな」

「ガリムシロップの生産を増やしたおかげです」

当初は竈一つで月に大金貨二〇枚、年間大金貨二四〇枚という売り上げ見込みだった。しかし、ハックルホフが売りまくってくれたおかげで、今では竈が八つになった。しかも二交代で生産していることから、一つの竈の生産量は一・七倍になっている。

一つの竈で一日二〇キログラムだったのが、今は三四キログラム生産できる。八つの竈で日産二七二キログラム、月産五四四〇キログラム（二〇日稼働）になる。

一キログラムで大銀貨四枚の卸値だから、月に大金貨二一七枚と小金貨六枚の売り上げだ。当初予定していた年間売り上げを、ほぼ一カ月で売り上げる。よい産業になってくれたと、頬が緩む。

「毎月一割もの利子を払うのは、バカらしいです。メニサス家への返済を早急に済ませましょう」

キリスが帳簿をバンッと叩き、メニサス男爵にしている借金を早く返そうと言った。こんな高利の借金は、害悪でしかないと言うのだ。ロドニーもそれには大賛成だ。

「雪解けを待って、メニサス男爵が治めるデルド領へ行ってくるよ」

デルド領はバニュウサス伯爵が治めるザバルジェーン領の手前にある。

春になったら祖父母にエミリアの顔を見せるのもいいかと思い、エミリアと母のシャルメを連れていくことにした。借金をチャラにしてくれ、ガリムシロップを買いつけてくれる恩がある祖父に、少しは孝行をしようという思惑もある。

✦

借金を返す前に、ラビリンスに入ることにした。冬の間はラビリンスの入り口が雪で塞がってしまうことから、ある程度暖かくなって雪が解けないと入れないのだ。

雪解け第一弾としてラビリンスへ入ることにしたロドニーは、しまい込んでいた金棒を出してきた。以前よりも金棒は軽く感じ、持ち上げるのも苦にならなくなった。

ソフィアとエミリアを連れてラビリンスの入り口へ赴くと、ロドメルたち従士に率いられた領兵たちが整列していた。

ロドニーは領主としてラビリンス開きの演説もしなければならない。これは毎年恒例のイベントだ。面倒だがこれをしないといけないらしく、仕方なく演説を行った。その後は、お清めの酒と塩をラビリンスに捧げた。こういうところは、自分の前世の記憶にある神事に似ているなと思った。

「第一部隊、行くぞ！」

「「応！」」

ロドメル率いる第一部隊六人が、ラビリンスに入っていく。第一部隊は古参の領兵が配属されている部隊だ。通常なら六層を探索するが、今回は休み明けということもあって四層へ向かうことになっている。

「第二部隊、前進！」

「「応！」」

今度はエンデバーに率いられた第二部隊六人も入っていく。第二部隊は新兵を含む部隊だ。今回は新兵をセルバヌイとの戦いに慣れさせるものだ。だから一層や二層でセルバヌイを狩る予定になっている。

第二部隊の後からロドニーたちも入っていく。ロドニーたちは第二部隊よりも深い三層を目指す。一層や二層のセルバヌイでは、すでにロドニーたちの相手にはならない。それに一層と二層から得られる根源力は、全部所持している。

三層は沼地が多くやや歩きづらい地形だった。出現するのはルルミルというセルバヌイだ。液体のように体の形を自由に変えることができ、赤、青、黄、緑、白、黒などの色がある。色によって特徴が違うが、赤なら火の玉を放出して攻撃してくる。最初に発見したのは、青ルルミルだった。

「青ルルミルは水の球を放出するので気をつけてください」

「わかったよ、ソフィア」

最初はロドニーが戦うことにした。根源力を発動させずに、金棒を肩に担ぐ。軽く振るくらいならできるようになったが、本気の素振りは根源力がないと厳しい重さだ。

ロドニーは『剛腕』と『堅牢』を発動させ、金棒を振り上げ走り出す。一気に加速して青ルルミルに接近するが、青ルルミルがロドニーに気づいて水の球を放ってきた。ロドニーはその水の球に構わず一直線に走る。

水の球がロドニーに当たった。痛みを少し感じただけでダメージはない。今のロドニーは『堅牢』によって、鋼鉄の鎧を纏っている状態に等しいからだ。

金棒を振り下ろすと、青ルルミルはべちゃりと潰れて飛散した。

「えーっと……これ、終わったの？」

塵になる前に飛び散ってしまった。まだ生きているかもしれないと思ったが、地面に青色の生命光石が落ちているのを発見し、青ルルミルを倒したのだと確信した。

「お兄ちゃん、少ししかない普通に歩ける地面が陥没してるじゃないの。地面が穴ぼこだらけになったら戦いづらいから、少しは手加減してよね」

「お、おう……すまん」

『剛腕』だけでもかなり強力だが、地力もついたことからさらにパワーが上ったようだ。

「これで、特殊系の根源力も手に入るね、お兄ちゃん」

「ああ、それぞれの属性の遠距離攻撃の手段が手に入るのは大きいな」

ルルミルからはその属性に合った、『●球』の攻撃が得られる。今までの実績から、ロドニーはその上位の中級根源力を得られると思われる。

『●球』の上位中級根源力は『●弾』だ。おそらく『●弾』が手に入るだろう。

✦

三層の探索も何度目か。

赤、青、緑、黄のルルミルは数が多く発見しやすいが、白と黒はまったく発見できなかった。

ルルミルの生命光石は色ごとに得られる根源力が違う。色違いでもルルミルの生命光石から覚えるのは、一種類だけだ。

赤、青、緑、黄の生命光石をバラバラに使うとどの色になるかわからないが、一種類の色の生命光石だけを使い続けたら、その色の根源力が得られる。

見た目が派手な『火球』が領兵たちに人気になっていて、赤ルルミルの生命光石は取り合いになっているらしい。

白と黒のルルミルは、発見例はあっても、討伐したという記録はない。共に逃げ足が速く、追いつけないのだ。そんな白と黒ルルミルをわざわざ探さなくても、赤ルルミルを倒したほうが良いと思われていることで、白と黒ルルミルは放置されているのだ。

「火弾」

左手の人差し指と親指だけを伸ばして、人差し指を緑ルルミルに向けたロドニーは、中級根源力の『火弾』を発射した。『火球』だと直系一〇センチメートルほどの火の球が飛んでいくが、『火弾』は直径二センチメートルにも満たない火の弾丸が高速で飛んでいく。

一般領兵でもよく見れば『火球』を避けることはできるだろうが、『火弾』は火自体が小さく飛行速度がかなり速いから避けるのは至難の業だ。

『火弾』が命中した緑ルルミルは、体が弾け飛んで生命光石を残した。

「よーし、今度は私だからねー」

エミリアは近くにいた青ルルミルに『火球』を放った。動きが緩慢なルルミルに『火球』は命中したが、ルルミルは健在だ。ロドニーと同じく一発で決着させるつもりだったが、『火球』は威力が低い上に青ルルミルと相性が悪かった。

「まさか四発も撃つとか、あり得ないわ！」

思わぬ反撃を受けたが、終わってみれば危うい場面はなかった。それでも、水属性の青ルルミルに『火球』を四発も放つことになり、エミリアはぷんすかとお冠だった。

「今のは相性が悪かったし、『火球』の使い方としてはメインの攻撃じゃなくて牽制のような使い方をするべきなんだろうな」

「私も牽制に使うくらいです。ほとんど使いませんけど」

『火球』や『水球』などは、威力があまりなく牽制などに使うのがベターな使い方である。ダメージを与えるというよりは、嫌がらせ程度の効果を期待してソフィアも牽制に使っていた。

それが『火弾』になると、メインで使える速度と威力がある。その根源力の特性を把握して使い分けることができると、戦術の幅が広がってくるとロドニーは考えた。

エミリアやソフィアはルルミルから一種類しか根源力を得られないが、ロドニーは違う。経口摂取によって痛みを伴うが、ルルミルから得られる根源力の上位互換を全種類得ることができる。

だから白と黒のルルミルも討伐して、その根源力を得たい。沼地を歩き回って小屋の中も探っているが、まったく見つからないので諦めかけた時だった。

（ん？　この小屋の中から気配がするぞ）

『鋭敏』で小屋の中の気配を探ったロドニーは、その気配に違和感を覚えた。これまでも小屋の中に気配を感じることはあった。しかし、その気配はそこまではっきりとしなかったのだが、この小屋の中にいる気配はかなりはっきりと感じられた。

「二人とも待ってくれ。あの小屋の中にいるルルミルの気配が、今までと何か違うんだ」

「そうなの？　私は感じないけど？」

「何かいそうな気配がします。気をつけましょう。エミリア様」

「俺が確認するから、二人は待っててくれ」

「お兄ちゃん、大丈夫なの？」

「大丈夫だ。これでも防御系中級根源力を、二つも得ているんだぞ」

「そうだったわね」

ロドニーは金棒を担いで、小屋の扉を開けた。その瞬間、何かがロドニーの腹部に激突して、ロドニーが二歩後ずさった。『鉄壁』『堅牢』を発動させてなかったら、肋骨が何本か折れていたかもしれない衝撃だ。

激突したものは通常よりも二回りほど大きなルルミルだった。そして、その色は真っ白だった。

「あっ、白だ！」

エミリアがその色を見て声を発したと同時に、ロドニーは地面を蹴ってその大白ルルミルに飛びかかった。金棒を振り下ろすと、大白ルルミルは素早くそれを避けた。

「何⁉」

ルルミルの動きは緩慢だが大白ルルミルはかなり素早く、ロドニーの攻撃をその素早い動きでことごとく避けた。しかも、少しでも隙を見せると逃走しようとする。

白ルルミルはすぐに逃げると知っているエミリアとソフィアが、上手く逃走経路を潰すように位置どってくれたおかげで大白ルルミルは逃げることができなかった。

「ロドニー様。支援します」

「待ってくれ。もう少し俺だけでやらせてくれ」

ソフィアの助力を断ったロドニーは、金棒を真っすぐ大白ルルミルに向けて構えた。その瞬間、大白ルルミルが白い球を放出した。その速度は『火球』とは段違いに速く、意表を突かれたロドニーはすでに切れていた『堅牢』を発動させたものの直撃を受けてしまった。

「がっ⁉　熱っ⁉」

ロドニーの革鎧が熱によって焼け爛れ、穴が開いていた。幸いなことにロドニー自身は『堅牢』のおかげで傷はない。

「やったな、このっ！」

お礼とばかりにロドニーも『風弾』を射出した。大白ルルミルはそれを避けたが、ロドニーはその動きを読んでいた。

怒りに任せて『風弾』を放ったのではなく、エミリアとソフィアの位置、そして『風弾』の軌道を計算して大白ルルミルが移動するであろう場所を限定していたのだ。

先回りして金棒を振り下ろすと、大白ルルミルの弾力を感じた。他の色のルルミルとは段違いの弾力があり金棒を押し返そうとしたが、そんなものはお構いなしに力を込めると大白ルルミルの体が飛散した。

大白ルルミルは金棒に潰され、塵となって消えた。そして通常よりもやや大きく白っぽい生命光石を残した。また、その横には白い塊が落ちていた。

「ロドニー様、大丈夫ですか⁉」

「お兄ちゃん、大丈夫？」

「ああ、革鎧に穴は開いたが、俺は大丈夫だ」

生命光石と塊を拾い上げて二人に見せると、ソフィアとエミリアは共に初めて見ると言った。生命光石は家に帰ってから使うとして、この白い塊はなんだろうということになった。

「金属みたいだけど、真鉱石かな?」

「しかし、白色の真鉱石なんて聞いたことないです」

エミリアが真鉱石かと言うと、ソフィアはそんな真鉱石を聞いたことがないと言う。真鉱石は金、青、緑、黄、赤の各色が知られているが、この塊は白色。ロドニーも白色の真鉱石は聞いたことがなかった。

「とにかく、これは持ち帰って調べてみよう」

三人は残った黒ルルミルを探したが、その日は見つからなかった。

✦

「ロドニー様、お帰りなさいませ。お疲れのところ申しわけありませんが、早急に決裁いただきたい書類があります」

家に帰るとキリスが書類の決裁を求めてきた。ロドニーは書類を先に片づけることにした。

エミリアとソフィアはその後にあるイベントを見守ろうと、書類仕事が終わるのをソファーに座って待った。

「ねえ、ソフィア。この白いの、なんだろうね?」

「真鉱石だといいですね」

「真鉱石なら、お兄ちゃんの武器が造れるね」

手に入れた白い塊が真鉱石ならいいと話していたら、キリスがその塊に目を留めた。

「それは……」

キリスは二人に断って、その白い塊を眺めた。

「キリスさんは、これを知っているの？」

「これは真鉱石です。滅多に世に出ない白い真鉱石です」

「へー、これが真鉱石なんだ。で、白色ってどんな効果があるの？」

エミリアが質問するとキリスは眉間にシワを寄せた。

「すみません。白い真鉱石が珍しいものだとは知っているのですが、効果までは知らないのです」

「残念～」

「それが真鉱石だとわかっただけでもいいじゃないか」

デスクで話を聞いていたロドニーが言った。

「これが真鉱石なら、ロドニー様の剣が造れますね」

「剣か。俺に剣が扱えるかな……」

根源力を得て腕力や防御力は上がった。しかし、それと剣術は別の話になる。ただ殴る、守るといったものではない剣術は、ロドニーにとって鬼門とも言うべきものだった。

「お兄ちゃん、大丈夫だよ。真鋼は丈夫だっていうから、剣で殴っちゃえばいいんだよ」

「それもそうか。ハハハ」

剣で切るや斬るのではなく、殴れと言う妹の言葉に気が楽になる。

書類を受け取ったキリスが退室すると、ロドニーもソファーに座った。そこで白大ルルミルが残した生命光石を口に放り込んだ。

激痛が体中を駆け巡り、ロドニーの毛穴から汗が噴き出す。胸を押さえて苦しがるロドニーをソフィアは自分のことのように心配しているが、エミリアはもう慣れた感じでお茶を飲んでいた。

「おい、エミリア。少しは俺を心配しろよ」

「だって、お兄ちゃん、大げさなんだもん。女の子の私やソフィアでも、そんなに大げさに痛がらないよ」

「くっ……」

妹の辛らつさに精神的なダメージを負ったロドニーは、今得た『高熱弾』に意識を集中することにした。『高熱弾』は白いルルミルから得られる下級根源力の『熱球』の上位互換の中級根源力だ。赤ルルミルから得た『火弾』は対象に火のダメージを与えるのに対し、『高熱弾』は熱による融解ダメージを与える。似たようなものだが、威力は『高熱弾』のほうが高い。

大白ルルミルが放った白い球は『熱球』だった。『熱球』は『火球』よりもはるかに速い速度で飛び、大きなダメージを与える。そのため、『高熱弾』も『火弾』よりも速くて高ダメージを与えることができるものだった。

「どうやら発見しにくいのには、それなりの理由があるようだな」

他のルルミルよりも強い分、個体数が少ないようだ。しかも、あまり発見されないから長い時間を生きて巨大化していた。それが白の真鉱石を落とした理由ではないかと、ロドニーは考えた。

討伐されずに生き続けたセルバヌイを、長命種という。他の個体よりも強くなる傾向があるが、本当に長く生きているかはわからない。

「こうなると、黒ルルミルも倒したいですね。ロドニー様」

「欲しいのはやまやまだが、今度は四層に向かおうか。黒ルルミルは必要になったら探そう」

「わかりました」

「まあ、その前に借金返済のために、デルド領に向かうんだけどな」

そろそろ街道の雪も解ける頃だ。メニサス男爵の借金を返済すれば、月一割もの高利を今後は払わなくても済む。それはとても大きなことだ。

三章　カシマ古流編

借金返済のためにデルド領に向かうロドニーは、箱馬車の御者席で暖かくなってきた風を感じる。

以前は馬車ではなく徒歩での移動だったが、ガリムシロップのおかげで馬車や馬を買い揃えることができた。

「いい天気だ」

道には雪はないが、その周辺にはまだ雪が残っている。地面はぬかるんでいても、空は真っ青である。

箱馬車の横で進むソフィアが、視線鋭くロドニーを見つめながら馬を寄せていく。

「ロドニー様。後方からつけてくる者がいます」

ソフィアの言葉を聞き、ロドニーは後ろを振り向いてしまう。

「こういう時は振り向かないものですよ」

「あっ……すまん」

ソフィアに指摘されてしまったが、箱馬車の御者席からは後方が見えない。もちろん後方の者からも、ロドニーの行動は見えなかった。

「後ろの奴(やつ)らは、盗賊か？」

「可能性はありますが、同じ方向に向かっているだけかもしれません」

箱馬車の後方には、領兵が乗る荷馬車が二台続いている。そのさらに後ろに一台の荷車が続いていて、三人の武装した男たちが乗っている。見ようによっては、ロドニーたちをつけているように見える。

ここは街道で盗賊が出る可能性があるから武装していても不思議はないが、風貌が良いようには見えない者たちだ。

「そうか。どちらにしろ、気を引き締めて警戒を怠らないようにしよう」

「はい」

ロドニー自身が一番緩んでいたが、そこは言わない。箱馬車の屋根の上に置いてある金棒を、いつでも取り出せる位置に移動させた。

今回は借金返済だけではなく、ザバルジェーン領の都市バッサムにも向かう予定だ。エミリアと母のシャルメも同行している。二人に危険なことがないようにしたい。

箱馬車が一台と荷馬車が二台。エミリアとシャルメは箱馬車の中、ロドニーは箱馬車の御者席に領兵と共に乗り、ソフィアは馬、荷馬車にそれぞれ二人の領兵が乗っている。

荷馬車にはバニュウサス伯爵に献上するガリムシロップを載せていることから、一行の速度はゆっくりだ。

　アブラン領からデルド領に入ってすぐに、それは起こった。街道を一〇人ほどの一団が封鎖していたのだ。

　その風貌は明らかに盗賊で、馬車を停めて様子を窺っていると矢が飛んできた。ソフィアは抜剣と共に矢を切り落とした。

「抜剣！　総員抜剣だ！」

　ソフィアの凛とした声が響くと、領兵がそれに反応して剣を抜く。よく訓練されているのが、その動きでわかった。

「ザドスとゲラルドは後方を警戒！」

「「応っ！」」

　今回連れてきている領兵は、廃屋の迷宮の六層を探索できる五人だ。対セルバヌイだけではなく、対人戦でも経験豊富な領兵たちである。さらに中級根源力を最低でも一つは得ている精鋭でもある。家族を護るために用意したのだ。

「ケルドは馬車を護れ」

「応っ！」

「セージとゾドフスは私についてこい！」

「「応っ！」」

ソフィアは馬の腹を蹴って、前方で道を塞いでいる者たちに向かった。

矢がソフィアに向かって飛んでいった。ロドニーは危ないと声を出しそうになったが、ソフィアは大剣を軽々と振って矢を切り落とした。

「デデル領主フォルバス騎士爵の一行を邪魔するものは、何人(なんぴと)たりとも許さんぞ！」

馬の速度を落とすことなく、ソフィアは突撃した。ロドニーも援護をしようと『高熱弾』を射出した。高速で飛翔(ひしょう)する『高熱弾』はソフィアを追い越し、盗賊の一人に命中すると、その盗賊の胸に大きな穴を開けた。

声も出せずに倒れた盗賊を見た仲間たちは、一瞬で混乱に陥った。そこにソフィアが突撃して一度に二人の首を斬り飛ばすと、また矢が飛んできた。ソフィアは首を傾けてその矢を躱(かわ)し、馬を器用に操って盗賊の一人を蹴り飛ばした。

「林の中の奴、邪魔だな」

ロドニーは『鋭敏』を発動させて、林の中の気配を探した。射手の気配はすぐに発見でき、『高熱弾』を射出した。『高熱弾』は直径五〇センチメートルほどの木を貫通して、その射手に命中し、林の中から悲鳴が聞こえた。

セージとゾドフスがソフィアに追いついて、盗賊に切りかかった。練度は明らかにセージとゾドフス、そしてソフィアのほうが上だから安心して見ていられる。

「ソフィア、やるわねー」

エミリアが箱馬車の窓から顔を出して、ソフィアの勇姿を眺めていた。

「おい、顔を出すな」

「いいじゃない。あ、お兄ちゃん、後ろでも戦いが始まったよ」

「何？」

ロドニーが箱馬車の横から後方に視線を向けると、警戒していたザドスとゲラルドが盗賊と剣を合わせたところだった。

後方は盗賊が三人ということもあって、苦戦するようなことはない。ザドスが二人を引きつけ、その間にゲラルドが一人を倒した。そうなると二対二なので、決着に時間はかからない。

前方に視線を戻すと、すでに盗賊は逃げ出していた。そこでロドニーは『高熱弾』を射出した。盗賊は逃がすと他の旅人や商人を襲う。下手をすれば、帰り道でまた襲われることも考えられる。だから捕縛するか皆殺しにするか、どちらかの選択が迫られる。そしてロドニーは、殺すことを選択した。

背中に命中した『高熱弾』が貫通して、盗賊は息絶えた。貴族の末席に名を連ねるロドニーにとっては、当たり前の選択だ。たとえここが自領でなくてもだ。

ロドニーは今回連れてきた領兵の中で最年長のケルドを伴って、メニサス男爵の屋敷を訪問した。ケルドは三〇年以上も領兵として働いていて、ロドニーとも一緒に訓練をしたこともある。ロドニーに剣の才能がないと知っているから頼りなさを感じていたが、盗賊との戦闘で『高熱弾』で援護したのを見て見直していた。

「申しわけありません。主はまだ帰ってきておりません」

ロドニーが一カ月前にメニサス男爵との面会のアポをとって、予定通り訪問した。それなのに、メニサス男爵は所用があって出かけていると、使用人に告げられた。

「なぜメニサス男爵が不在なのですか？」

「昨日には帰ってこられる予定でしたが、遅れているようなのです」

「今日はもう帰ってこられないのでしょうか？」

「申しわけございません。私めではお答えできかねます」

予定が遅れることはよくある。天候や盗賊など原因は色々だ。

「……そうですか。本来であれば、待たせてもらうところですが、バニュウサス伯爵との面会の予定もありますので、帰りにでも寄らせてもらいます」

「申しわけございません。主にそうお伝えいたします」

「そうしてください。また、今回のことで返済が遅れたとは言わないようにしてほしいものです。今回のことは、バニュウサス伯爵にもお話ししますので、そうメニサス男爵にお伝えください」

バニュウサス伯爵はロドニーのフォルバス騎士爵家の寄親でもあるが、メニサス男爵の寄親でもある。こういった寄子同士で争いの種になるようなことは、寄親が介入や仲裁をするのが慣例だ。

一カ月も前からアポを取って、予定通りにやってきたロドニーだ。どう考えてもロドニーは悪くない。そういう結果になることは、目に見えている。また、借金を全額返済すると言っているロドニーに無駄足を運ばせたのだから、世間の人は借金の返済をさせずに利子を取ろうとメニサス男爵が考えたと言いかねない。それは金に無頓着であるべしという貴族のあり様とは、相反することだから最悪の噂になる。

ロドニーが席を立ち帰ろうとしたところで、扉が開いて小太りの小男が部屋に入ってきた。

「いやー、すまぬ。遅れ申した」

この小太りの小男がメニサス男爵だ。髪が薄くなっているのを誤魔化そうと、違和感のある毛が頭に載っている人物だ。そのメニサス男爵はまったく悪びれなかった。

その態度にケルドは眉を寄せるが、ロドニーはにこやかに対応した。

「お久しぶりです。メニサス男爵」

「ロドニー殿であったな。久しぶりだ」

どかりとソファーに座り込んだメニサス男爵に、ロドニーは用件を切り出した。今回で借金の全てを返済するためだ。

大金貨がぎっしりと入った革袋をテーブルの上に置き、メニサス男爵が使用人に大金貨を数えさせる。

「こういうのは、ちゃんとしておかないとな。気分を害されるなよ」

「当然のことですから、問題ありません」

使用人が大金貨を数え終わり、枚数に問題ないことを告げる。それを聞いたメニサス男爵は、証文をロドニーに渡した。ロドニーは証文を確認し、それをその場で破った。

「これまでご迷惑をおかけしました。完済できて肩の荷がおりました。これからも当家と末永いお付き合いを願います」

「うむ。また困ったことがあれば、頼ってくるがいい」

爵位でも年齢でも領主としての経験年数も、メニサス男爵のほうが上だ。ロドニーは失礼のないように挨拶して屋敷を後にした。

「男爵はなぜ遅れたのでしょうか?」

屋敷の門を出たところで、ケルドがそう質問した。それに対して、ロドニーは苦笑して屋敷を振り返った。

「遅れてきたんじゃない。居留守を使っていたんだ」

「なっ!?　それは真ですか?」

「ああ、隣の部屋から聞き耳を立てていたんだ。俺がバニュウサス伯爵の名前を出さなかったら、あのまま俺を帰していたかもしれないな」

ロドニーはもしかしたら襲われて金を盗(と)られるかもしれないと思い、『鋭敏』を発動させて周囲の気配を探っていた。隣の部屋からロドニーたちの話を聞いていた気配はしっかりと把握していたが、それが誰なのかはさすがにわからなかった。

その気配はバニュウサス伯爵の名を出した時に、慌てたような乱れを起こした。

だが、誰が聞いていようと、これ以上無駄な利子を払わなくて良いように伏線を張っておかなければならなかった。それがバニュウサス伯爵の名前を出すことだったのだ。

「なんという卑怯(ひきょう)な行い……」

ケルドは呆れ果て、メニサス男爵屋敷を睨みつけた。

その頃、メニサス男爵の屋敷内では、メニサス男爵が使用人を殴りつけていた。その使用人はロドニーの対応をしていた者で、彼は何も悪いことはしていなかった。
ロドニーは無駄な返済をしなくていいように、バニュウサス伯爵の名を出しただけだ。
それに対して、メニサス男爵は借金を完済されて利子が回収できなくなることを嫌った。
なんといっても年利一二割という高利だ、笑いが止まらない商売だった。それが完済されたら、小銅貨一枚も儲からないのだから、メニサス男爵としては完済など許容できるものではなかったのだ。

「あのクソガキめ、生意気言いやがって。バラスたちは何をやっているのだ？」

バラスというのは盗賊に扮してロドニーたちを襲った者たちだ。あれはメニサス男爵の命令で、金を奪おうとしたデルド領の領兵たちだったのだ。

「バラスたちは全員死亡が確認されました。フォルバス騎士爵が盗賊を討伐したと、届け出ております」

「なんだとっ⁉」

領兵の中でも荒事に慣れた者たちを送ったが、返り討ちに遭ったと聞いたメニサス男爵は顔を赤くしたり青くしたりして、怒りをぶちまけた。

「あのクソガキが！　この恨みは決して忘れぬぞ！」

完全に逆恨みだが、メニサス男爵は鼻息荒くロドニーへの罵詈（ばり）雑言を吐きまくった。

メニサス男爵の命令によって命を落とした領兵の家族には、本来主家であるメニサス男爵家から見舞金が出るはずだった。しかし彼らは盗賊として討伐されている。任務に失敗し、盗賊として処理された彼らの家族に見舞金は出ない。メニサス男爵が出すわけがない。

彼らはなんのために死んだのか。それさえも、メニサス男爵にはどうでもいいことだった。それなのに家臣や領兵の忠誠を求めるのは、無理があるだろう。

「おい、あいつを破滅させる良い手はないか⁉」

使用人たちは目を伏せた。そんなに簡単にそんな案が出るわけがない。

「ちっ、使えぬ奴らだ。もういい、下がれ」

メニサス男爵がロドニーへの逆恨みを、忘れることはないだろう。

ロドニーにとっては迷惑千万な話だが、こういった感情は簡単に消せるものではない。

✦

バニュウサス伯爵の居城である大鷲城を訪問し、ガリムシロップを贈った。このザバルジェーン領でもガリムシロップは評判になっていて、バニュウサス伯爵は大変喜んでくれた。

「今日は閣下にお願いがあってやってきました」

「ほう、願いか。どのような内容かな?」

ガリムシロップをもらって喜んでいたバニュウサス伯爵の視線が、厳しいものに変わる。

「デデル領は人口が少なく、労働力が足りずに困っています。そこでバッサムにあるスラムの者に、声をかけさせていただきたいのです」

「スラムの者か……数はどれくらいかな」

「五〇名ほどを考えています」

バニュウサス伯爵はゲルドバスに視線を向けた。ゲルドバスは小さく頷いた。

「良いだろう。ゲルドバス、手配を頼む」

「承知しました」

ガリムシロップによって大きな利益を得ているが、ロドニーはそれに胡坐（あぐら）をかかずに新しい産業を興そうとしている。

しかしデデル領の人口は少なく、新しい産業に回す人手が足りない。そこで考えたのが、近くの大都市から移住者の希望を募ることだ。

大都市には必ずと言っていいほど、スラム（貧民街）がある。そこで暮らす人たちに働いてもらえば、お互いにウィン・ウィンの関係になれるはずだと考えたのだ。

「移住希望者は某のほうで、募ります。詳細を確認させてください」

ゲルドバスに詳細を語った。

・開墾・農業従事者　………　募集は三〇名
・職人見習い（鍛冶、大工）　………　募集は一〇名
・領兵　………　募集は一〇名

若くてやる気がある者であれば、男女の区別はしない。農具や必要な工具は用意する。家族で移住可。経験不問。支度金（小金貨三枚）あり。毎月小金貨一枚を支給。ただし、開墾・農業従事者に関しては二年間のみ。

「すぐに手配し、ご連絡いたします」

「よろしくお願いします」

バニュウサス伯爵としては、スラムの住人が少しでも減ることは喜ぶべきことだ。しかし、バニュウサス伯爵家のお膝元であるバッサムで、スラムとはいってもロドニーの勝手にはさせるわけにはいかない。ゲルドバスが全て手配して、移住希望者を引き渡すことになった。

そういった手配をしてもらったロドニーは、それなりの対価を払うことになる。もちろん、バニュウサス伯爵とゲルドバスは対価の話はしない。ロドニーがお礼という形で支払うのだ。

✦

大鷲城を辞したその足で、バッサムでも一番と言われる凄腕の鍛冶師を訪ねた。バッサム一と言われるだけあって、多くの弟子がその鍛冶師の工房で修業していた。

「ロドニー＝エリアス＝フォルバスという。デデル領の領主をしている」

「ドレッドだ。それで、貴族が俺になんの用だ？」

かなりぶっきらぼうな口調だが、それは職人気質の表れだとロドニーは思った。しかし、貴族のロドニーに対して不遜な物言いをするドレッドに、ケルドの視線が厳しいものになった。

そのドレッドは忙しいのに、貴族などが遊びに来やがってと思っている。バッサム一と言われるだけあって、貴族が珍しいものを造れとか言ってくる。仕事場を見せろと言ってくる。うんざりしているのだ。

「ドレッドに真鉱石で武器を造ってもらいたいんだ」

「ほう、真鉱石か。何を持ってきた？　赤かそれとも黄か？　まさか、真鉱石を持ってこずに造れと言っているわけではないだろうな？」

真鉱石は金、青、緑、黄、赤がよく知られている。そして、金はかなり珍しく赤、黄、緑、青、金の順で発見しにくくなる。

「赤でも黄でもないが、ちゃんと真鉱石を持ってきたぞ」

「それじゃあ、どの色だ？」

「白だ」

「何⁉」

ドレッドは椅子を倒す勢いで立ち上がった。

「本当に白を持っているのか？」

「そう言っている」

「どこだ。どこにある⁉」

ドレッドのあまりの勢いに、ロドニーは白色の真鉱石を出した。

デデル領の鍛冶師にこの白の真鉱石を見せて、真鋼の武器を造ってほしいと頼んだら無理だと言われた。真鉱石から真鋼に加工ができるのは名工や匠と言われる名人だけで、しがない鍛冶師では無理だと言われたのだ。

そういった理由から、北部で一番有名で名工と言われるドレッドのところに白の真鉱石を持ってきた。

「本物だ……まさか白にお目にかかれるとは思ってもいなかったぞ」

白の真鉱石はセルバヌイが落とす特殊なもので、金の真鉱石よりもはるかに珍しいものだ。とても珍しい金を何度か加工したことがあるドレッドでさえ、白を見たのはこれが初めてである。

「それで俺の武器を造ってくれ」

「良いだろう。その仕事、引き受けた！」

先ほどまで不機嫌そうな表情をしていたドレッドが、満面の笑みになった。職人魂に火が点いてしまったようだ。

ロドニーは金棒を見せて普通の剣では自分の力に耐えられないから、中級根源力に耐えられる武器ならなんでもいいとオーダーした。そのオーダーにドレッドは怪訝な表情をしたが「わかった」と言った。

金、青、緑、黄、赤の真鉱石はラビリンスの中で採掘できる。それに対して白の真鉱石は採掘ではなくセルバヌイを倒すと落とすものだとドレッドから聞いて、ロドニーはなるほどと納得した。

この白の真鉱石は白ルルミルが残した。通常よりも大きな白ルルミルだったから、特殊な個体だったのだろう。

帰りの道では不満顔をしたケルドが、ロドニーの後について歩いていた。いくら最下級の騎士爵だとはいっても、ロドニーは貴族である。ドレッドの態度は失礼極まりないものだと感じていた。

「そう怒るな。貴族には貴族の矜持があるように、職人には職人の矜持がある。ケルドにだって、領兵としての矜持があるだろ？　そういったものがそれぞれの人にあるんだ。一方的な価値観を押しつけるのは、俺は好きじゃない」

ケルドは甘いと思った。しかし、それがロドニーらしいとも思った。ロドニーの背中を見つめる視線が自然と緩んだ。

「そういうものですか……？」

「俺はそう思っている。もっとも、他の貴族の前では、控えてほしいがな」

ハックルホフの屋敷に帰ると、エミリアとシーマが楽しそうにお喋りをしていた。ロドニーの顔を見たシーマが、いきなり自分もラビリンスに入りたいと言って、ロドニーを驚かせた。

「お願い、ロドニーさん。私をラビリンスに連れてって」

どこかで聞いたような言葉だったが、それよりも困った。シーマをラビリンスに連れていったら、祖父に恨まれそうだ。もし、怪我でもさせてしまったら、かなり面倒なことになるだろう。祖父はシーマをそれだけ可愛がっているのだ。

ロドニーはハックルホフの許可があれば、連れていってもいいと答えた。これなら、ハックルホフにグダグダ言われないだろうと思ったからだ。

「ダメだ！　ダメだダメだダメだダメだダメだダメだダメだダメだダメだダメだダメだダメだ。シーマが怪我をしたらどうする⁉」

祖父ハックルホフは予想通りの反応をした。

「エミリアだってラビリンスに入っているじゃない」

「エミリアは幼い頃から剣の訓練をしていた。シーマとは違う」

シーマがあれやこれやと理由をつけて許可を求めたが、ハックルホフは引かなかった。孫娘の我儘(わがまま)をなんでも聞く孫煩悩のハックルホフでも、こればかりは一歩も引かない不退転だった。

「お爺ちゃんのバカ――――ッ」

捨て台詞(ぜりふ)を残してシーマが部屋に閉じこもった。その光景をお茶を飲みながら見ていたロドニーは、予想通りだと納得した表情だった。

シーマにバカと言われたハックルホフは落ち込んでいるが、声をかけたら巻き込まれそうなのでしない。

✦

ドレッドから武器が出来上がったと連絡をもらったロドニーは、喜び勇んでドレッドの工房に向かった。ドレッドの弟子の一人に応接室へ案内され、ほどなくドレッドが現れた。その後ろには二人の弟子が布に包まれた武器と思われるものを抱えていた。

「待たせたな。だが、良いものができたぞ」

「それは楽しみだ」

テーブルに置かれたその武器の布をロドニーが取ると、細めの鞘（さや）に入った剣が現れた。

鞘の装飾は豪華ではなく、むしろ質素なもので柄の長さから両手でも片手でも扱えるものだとわかった。

手に取ってみると金棒ほどではないが、その大きさからは想像できないほどずっしりとした重量を感じた。

鞘から剣を抜く……。

「っ」

予想していたのは、白っぽい片刃の剣だった。しかし、現れた剣はピンクゴールドに近い色をしていた。しかも、半透明で剣の向こうが薄（う）っすらと見えている。

その剣の形は、前世の記憶にある刀と言われるものに似ていると思った。刃の長さは一メートルほど、波紋はないが峰に向かって反っている。

「これが真鋼の剣か……」

「綺麗（きれい）ですね、ロドニー様」

ソフィアの視線が剣に釘（くぎ）付けになっている。それほど美しい剣なのだ。

「ああ、まるでクリスタルでできているようだ」

ドレッドは切れ味を出すために、片刃にしてやや反りを入れたと説明した。通常の直剣と違って引き切るものだ。そこから長々と自慢話のような説明が続いた。

「とにかく、この白真鋼剣（びゃくしんごうけん）は、凄い剣だ」

「白真鋼剣（びゃくしんごうけん）というのか？」

「白の真鉱石を使った剣だから、白真鋼剣（びゃくしんごうけん）だ。わかりやすくていいだろ」

ドレッドに素振りがしたいと言うと、中庭に案内された。上段から振り下ろしてみると、腕が軋（きし）むような重みを感じた。

細身の白真鋼剣（びゃくしんごうけん）が、これほど重いとは誰も思わないだろう。

「見た目の大きさからは考えられないほど重いが、何か理由があるのか？」

「真鋼は鍛造していくと密度が元の数倍になるんだ。鍛えれば鍛えるほど、密度は高くなる。見た目よりも重く感じるのは、それだけ高密度だからだ」

ドレッドに渡した真鉱石の塊と重さは変わりないのに、体積は明らかに小さくなっている。密度が元の数倍なら、重量が変わらず体積が少なくなるのも納得だ。

（よくもここまで体積が小さくできるものだ。これが名工の腕というやつか）

「重いのはわかった。丈夫なんだろうな」

「もちろんだ。白の真鋼は圧倒的な強度を誇る。俺が知る真鋼の中で、最も丈夫だ。それに俺の腕が加わっているんだ。脆いわけがねぇ」

いい笑顔で答えるドレッドに、ロドニーは代金を支払って剣を引き取った。金棒よりもかなり小さく、見た目は剣だから携帯しやすい。金棒を町中で背負っていると驚かれるから、それがなくなるのが意外と嬉しかった。

ロドニーはデデル領に帰ると、すぐに廃屋の迷宮に入った。一層でゴドリスを試しに斬ったところ、まったく手応えなく斬れた。硬いと言われている二層のガンロウも、まったく

手応えがなかった。三層の緑ルルミルを斬った時は、ただの素振りかと思うほどだった。

「凄いな。まったく斬った感触がないぞ」

「それほどですか。私も真鋼の剣が欲しくなりました」

ソフィアはかなり大きい剣を扱っている。その重量はロドニーの白真鋼剣より軽いが、それでもかなり重いものだ。これだけの剣を使っているのは、四層以降のセルバヌイが理由だ。四層からはセルバヌイがかなり強くなる。普通の武器だとかなり消耗が激しいのだ。だから、四層より深い層を探索する領兵は、武器を複数持っていく。それほど過酷な場所なのだ。

ロドニーたちは四層へ足を踏み入れた。三層でまだ倒していない黒ルルミルを探したい気持ちはあったが、白真鋼剣の切れ味をもっと試したいという気持ちが勝った。

四層は廃屋がかなり多く、一層の数倍の規模がある。出てくるセルバヌイは首無騎士。この首無騎士は首のない鎧が剣と盾を持っている。その動きはまさに騎士だとソフィアは言う。

三層までは戦いの才能がなくても、数を揃えれば到達できる。しかし、四層は兵数を揃えても探索できる領兵は多くない。この四層は強くなれる者とそうでない者を分ける境界線でもあった。

首無騎士と対峙（たいじ）するロドニーは、緊張感から喉がカラカラに渇いた。首から上がないのに、その威圧感は三層までのセルバヌイとは一線を画す。

「相手に飲まれてはいけません」

「そ、そうだな」

ソフィアの言葉でなんとか我を取り戻したロドニーは、一気に首無騎士との間合いを詰めた。白真鋼剣を上段から振り下ろすと、首無騎士はこれを盾で受け流し反撃してきた。

後方に飛び退いたロドニーの背中からは、冷や汗が流れ落ちていく。

騎士というだけあって、首無騎士の剣は王道の騎士の剣であった。ソフィアのキリサム流豪剣術やエミリアのメリリス流細剣術とは違う、多くの門弟がいる王家の御家流ドリュウト騎士剣闘術に非常によく似ていた。ドリュウト騎士剣闘術は盾で守り、剣で攻撃するオーソドックスな剣術で攻守にそつがない剣術だ。

再び攻撃しようと間合いを詰めたロドニーだったが、それも簡単に受け流されてしまった。

「くっ」

受け流されて体勢を崩したロドニーを、首無騎士の剣が捉えようとする。鋭く伸びてくる剣を避けきれない。このままでは殺(や)られると死を覚悟したロドニーは、『堅牢』を発動させた。

だが、その剣はロドニーに届かなかった。ソフィアが剣を受けてくれたのだ。これによって体勢を立て直す時間ができた。

「ソフィア、助かった」

「気を緩めないでください」

「おう」

ソフィアの援護を得て、ロドニーはなんとか首無騎士を倒した。鎧をザックリと切り裂いたが、それさえも手応えがなかったのには驚きだった。

「お兄ちゃんとソフィアは息がピッタリだね。さすがは長年付き合っているだけあるよ」

「お、俺たちは付き合ってないぞ！」

「そ、そうです！」

「そんなに全力で否定すると、逆に怪しいよね」

エミリアに弄られたが、ロドニーはソフィアの援護を得て首無騎士を倒していく。

一方、エミリアは最初の一体こそ苦労したが、その天性の剣の才能によって二体目の時は苦労しなかった。さらに三体目になると、かなり余裕をもって倒せるようになった。

「やっぱり天才っているんだよな……」

良い武器を持った腕力があるだけの素人のロドニーに対し、エミリアは普通の武器を持った天才だ。わかっていたことだが、才能のない自分が恨めしい。

「同じ両親の血が流れているとは、とても思えないよ」

「このままでは、私もすぐにエミリア様に追い越されてしまいそうです」

首無騎士の剣を軽やかなステップで躱してカウンターの刺突を放ったエミリアの姿は、才能の塊にしか見えなかった。

「俺の剣よりも、エミリアの剣を造ったほうがよかったかな……」

選択を誤ったかと、ロドニーの脳裏を後悔が駆け巡る。

この四層では真鉱石が採掘できる。そのポイントを探しつつ三人は首無騎士を倒していった。

たまに廃屋の中で首無騎士が待ち構えているから、『鋭敏』を駆使して探索した。

「なかなか真鉱石は見つからないね」

「簡単に見つかったらありがたみがないからな」

真鉱石はかなり低い確率で発見される。それこそ一年に一回発見されればいいほうだ。それほど珍しいのが真鉱石なのだ。廃屋の迷宮を探索する領兵の数が少ないのが、主な理由だ。

デデル領の領兵がもっと多ければ、それだけ発見頻度は高まるだろう。または、ハンターと言われるラビリンス探索を生業（なりわい）にしている者たちが廃屋の迷宮の探索をすれば、真鉱石の発見頻度はそれだけ増えるだろう。しかし、ハンターが発見した真鉱石は、領主のものではなくハンターのものになる。

最北のデデル領のラビリンスに入ろうというハンターは少ない。知名度がないこともあるが、ラビリンスで稼いでも酒場や娼館(しょうかん)などの歓楽街がないからだ。ロドニーもそのことには気づいているが、歓楽街を増やすとそれだけ治安が悪くなる。頭の痛い問題だ。

その日のロドニーは首無騎士と互角には戦えなかった。ソフィアの援護がなければ勝てないほど、首無騎士は強かったのだ。

「まあ、いいんじゃないの。お兄ちゃんには『高熱弾』とかあるんだから」

ロドニーには特殊系中級根源力がある。今回のように接近戦で戦わなくても、戦いようはあるとエミリアは言う。たしかにそうだとロドニーも思うのだが、それだけでは弱いままなんだと思ってしまう。

「ほら、そんなに落ち込まないの。これでも食べて、機嫌を直して」

エミリアは首無騎士の生命光石を差し出してきた。これを食べれば新しい根源力を得られるだろうが、かなりの苦痛を伴う。それで機嫌を直せというのはエミリアらしいと思った。

ロドニーは首無騎士の生命光石を口に放り込み、嚙み砕いた。

「がっ……」

苦痛に喘(あえ)ぐロドニーの姿は、もはやお馴染みとなった。ソフィアも最近はただ見守るだけで、エミリアに至っては苦しむロドニーを前にお茶をしている始末だ。

「お兄ちゃん、どんな根源力を得たの?」

痛みが治まったロドニーへ、エミリアが最初にかけた言葉がこれだ。ロドニーはお茶で喉を潤して、エミリアを睨んだ。

「少しくらいは心配してくれてもいいだろ」

「その痛みの先に、強力な根源力があるんだよ。私だって欲しいのに、お兄ちゃんだけ卑怯だと思わない？」

「それとこれとは、別の話だろ」

「悔しいから、ダメ」

エミリアの態度は納得いかないが、得た根源力がその不満を打ち消した。

『『覇気』を得たぞ、ソフィア」

「おめでとうございます。ロドニー様」

「いいな〜、私も『覇気』が欲しい〜」

エミリアは通常の取得方法なので、『覇気』の下位互換である『鋭気』を覚えることだろう。

時間を空けて念のためもう一つ生命光石を経口摂取した。苦しみの中でロドニーは違和感を覚えた。まるで無重力の中に放り出された感じだった。もちろん、無重力でも痛いものは痛い。

「こ、これは……」

「ロドニー様、どうかされましたか？」

「首無騎士の根源力は『鋭気』だけだから、『覇気』以外に得られる根源力はないはずよ。

どうせ私を羨ましがらせようとして、お芝居をしてるんでしょ」

「お前なぁ……俺がそんな奴だと思っているのか？」

「うん」

「………」

いくら兄妹でも礼儀というものがあるだろうと、ロドニーは嘆息する。だが、それだけ気安い兄妹の関係だと、前向きに捉えることにした。

「残念ながらエミリアの期待には応えられないな」

「どういうこと？」

「今のも根源力を得たんだよ」

「なんで!? なんで根源力を覚えられるの？ 首無騎士が持っているのは『鋭気』だけじゃないの？ ねぇ、ソフィア、そうでしょ？」

「私も『鋭気』だけしか存じません。いったいどういった根源力を得られたのですか？」

今回のロドニーはこれまでの経口摂取の苦痛の他に、得も言われぬ不思議な感覚を味わった。そのせいか、ロドニーも聞いたことのない根源力を得た。その根源力がジワジワと自分の体に馴染んでいき、血肉になっていく感じがして心が震えそうだ。

「ねえ、早く教えて！ どんな根源力なの!?」

エミリアがすがるように頼み込んでくるのが、ロドニーは少しだけ気持ちよかった。

「俺が得たのは、『カシマ古流』だ」

「カシマ古流？　何それ？」

「聞いたことがない根源力ですね。特殊系根源力ですか？」

「ある意味、このカシマ古流は特殊かもしれない。だが、カシマ古流は俺が知っているどの根源力にも当てはまらないものだ」

「もったいぶらないで教えてよ、お兄ちゃん」

『カシマ古流』は武術の流派である。それは剣術と柔術を中心に、抜刀術、薙刀術、懐剣術、杖術、槍術、棒術、無手などを含む総合武術であった。ロドニーは二人にそう教えた。

「「なっ……」」

二人は絶句して、しばらく動かなかった。

ロドニーは白真鋼剣を握り締めて裏庭に出た。二人もそれについていく。

白真鋼剣を腰に佩き、腰を落とした。

「何をするの？」

「わかりません」

エミリアがソフィアに聞くが、ソフィアにわかるわけがなかった。その言葉の後に一陣の風が吹いた。

砂埃が巻き上がったその時、ロドニーの剣が鞘から抜かれた。それはまるで風だった。

目にも留まらぬ速さで抜かれた白真鋼剣（びゃくしんごうけん）は、大きな岩をすり抜け、鞘へと戻った。

「今のは……」

「まさか……お兄ちゃん……？」

その剣筋は熟練の戦士に匹敵すると二人は感じた。それは『カシマ古流』の抜刀術だったのだ。

石に一筋の線ができ、上部がずるりと落ちる。

「おおおっ！　お兄ちゃん、やる～」

「これがカシマ古流なのですか……素晴らしい剣筋でした、ロドニー様」

「まだダメだ。イメージにはほど遠いよ」

根源力『カシマ古流』もまた訓練を積まなければならない。それは他の根源力と同じだ。

『カシマ古流』を得たことで、ソフィアやエミリアと並ぶ才能を得た。その片鱗（へんりん）が今の抜刀術である。

「やっとだ……やっと俺にも……」

どれだけ努力しても届かなかったものに、手が届きそうになった。もっと努力すれば、きっと手が届く。

「摑（つか）んでみせる……きっと俺は……摑み取ってみせる！」

ロドニーは高揚感で全身が震えた。

「お兄ちゃん、お祝いね！」

以前に較べると、フォルバス家の食卓は豪華になった。これは健康と体づくりを考えてのことだ。それでも過剰な食事をするつもりはないから、ガリムシロップのような甘いものは滅多に出ない。

柔らかいライ麦パンは毎日出るようになったが、糖質の過剰摂取は病気を引き起こす原因だ。産地の領主であり、生産者でもあるロドニーでもガリムシロップはあまり食べていない。

ロドニーの中では、ガリムシロップは売ったり贈ったりするものだ。そんなガリムシロップを大量にかけられると思ったエミリアは、お祝いを強調した。

首無騎士が上下に分かれて塵となり跡形もなく消えた。それを見たロドニーは白真鋼剣(びゃくしんごうけん)を鞘に納め、細く息を吐いた。

「あれほど苦労していた首無騎士を、まったく寄せつけないとは……。『カシマ古流』というのは、凄い効果があるのですね」

ロドニーが得た根源力『カシマ古流』は、剣をはじめとした総合武術の才能だ。それを得たロドニーは、まるで別人のように白真鋼剣を扱えるようになった。

　一振り一振りがロドニーの身になり、実戦を積めば積むほど戦いへの造詣が深くなっていく。

「あ、今ので『鋭気』を得たわ。お兄ちゃん」

　エミリアは生命光石を経口摂取しても、苦しいだけで根源力は得られない。だから、普通に生命光石を手で折って使っている。痛みも苦しみもなく根源力を得られるから、生命光石を入手するとすぐに使っている。

『鋭気』の効果は気を操るというものだ。自身の体を強化したり、気を飛ばして威嚇や牽制することにも使える。剣に纏わせることで、剣の切れ味が鋭くなり丈夫になる。とても応用範囲の広い根源力だった。

　できれば四層以降を探索する領兵全員に覚えさせてやりたい『鋭気』だが、上納を考えるとそうもいかない。

　六層を探索している精鋭部隊には、中級根源力である『鋭気』を覚えている領兵もいる。しかし、五層と六層で得られる根源力も捨てがたいので、根源力の取得はバランスを考えて取得させている。

「よし、真鉱石を探しつつ、首無騎士を倒して生命光石を集めるぞ」

「「はい」」

ロドニーたちが集めた生命光石は、自分たちで使うものだ。だが、余ればそれを領兵に与えることができる。そうすれば、領兵がより強くなって、上納用の生命光石を集めるのに役立つ。

幸いなことにガリムシロップの生産と販売が好調で、生命光石を売らずに自分たちで消費できる。まずはロドニー自身を強化し、次は従者、そして領兵だ。

真鉱石を探すロドニーは、特に変わったところのない見た目の廃屋に違和感を持った。『鋭敏』がその廃屋の中から何かを感じ取っているのだ。セルバヌイではない何かであった。

「何かありそうだ。気を緩めるなよ」

「任せてよ、お兄ちゃん」

「承知しました」

触ると壊れそうな扉を開けて中を窺う。他の廃屋と変わりなく、壊れた家具や廃材がところどころあるだけの屋内だ。首無騎士も他のセルバヌイもいない。

意識を集中させて屋内を見て回るが、何かがあるようには思えなかった。

「おかしいな……」

「お兄ちゃんの勘も当てにならないね～」

「すまん」

小さな廃屋だから、探索に時間はかからない。探索を諦めて外に出ようとしたところで、自分の足音が変わったのに気づいた。

ロドニーはその床を拳で軽く叩いた。その部分だけ他とは違ってやや軽い音がした。

ロドニーは白真鋼剣を抜き、その床を斬った。ガタゴトッと床が崩れ、そこに階段が現れた。

「うっそーっ！　そんなところに地下への階段があるなんて!?」

「ロドニー様、探索されますか？」

「もちろんだ。せっかく見つけた隠し部屋を放置する気はない」

まだ部屋への階段なのかわからないが、前世の記憶にある映画やドラマなら部屋がありそうなシチュエーションだ。

松明（たいまつ）に火を点けて、ゆっくりと階段を下りていく。かなり長い階段だが、四〇段ほど下りたところにその空間はあった。部屋というには広く、そして岩肌が無骨だ。

「あっ！　お兄ちゃん、あれ！」

エミリアが何かを見つけ指を差した。ロドニーとソフィアは目を凝らした。

「まさかと思うが……」

「真鉱石の鉱床のようですね」

そこには赤く輝く石があった。それが赤の真鉱石だとロドニーとソフィアにはすぐにわかった。一年に一回ほどだが、赤の真鉱石が見つかることがある。その度に領兵たちが騒いでいたから、何度か見て記憶に残っていたのだ。

「かなりの量がありそうだな」

「普通は二〇キロくらいの真鉱石の塊が発見されるのですが、あちらこちらに赤の真鉱石と思われる輝きがあります。一〇〇や二〇〇キロではきかない量だと思います」

大発見だとロドニーは思った。

「真鉱石って、かなり高いんでしょ？　やったね！」

エミリアの瞳が大金貨になっているのを見て、ロドニーは苦笑した。

「中に入ったら、何かが出てくるとかじゃないだろうな」

前世の記憶にある「フラグ」ともとれる言葉が出てしまったことに苦笑したロドニーは、二人に警戒を怠らないように注意を促した。

三人がその広い地下空間に足を踏み入れると、空気が張り詰めた。

「「「っ⁉」」」

それは不意に現れた。ロドニーはフラグを回収してしまったようだ。

空中に浮かぶ黒いマントのセルバヌイ。マントの中は真っ黒で何があるのかわからないし、顔の部分も真っ黒だ。大きな鎌を持っているその姿は、死神のようなセルバヌイだとロドニーは思った。

「悪霊か⁉」

　思わず舌打ちをしてしまったロドニーは、白真鋼剣（びゃくしんごうけん）を抜き指示を出す。

「散開だ！」

　ロドニーの指示で、三人は悪霊を包囲するように展開した。

「悪霊って、どんなセルバヌイなの？」

「悪霊は物理攻撃が効きません。多分、私とエミリア様の剣では傷をつけることはできないでしょう」

「そんな⁉　どうしろっていうのよ？」

「特殊系根源力で戦うしかありません」

「安心しろ。真鋼製の俺の剣なら、悪霊にも傷を与えられる」

　真鋼は硬く丈夫なだけではなく、こういった実体のないセルバヌイに有効な攻撃手段になる。赤なら火属性の効果がつき、青なら水属性というものだ。

　ロドニーの白真鋼剣（びゃくしんごうけん）は、白色で聖属性である。

　普段使っていてもその効果を感じることはないが、相手が悪霊のようなセルバヌイならその効果は抜群だ。

「二人は『火球』で攻撃してくれ」

「「了解」」

　ロドニーの指示が引き金となったのか、悪霊が動き出した。ふわりと動いたように見えるが、一瞬でソフィアとの距離を詰めた悪霊は、その鎌を振りかぶった。

一瞬、大剣で受けようと身構えたソフィアだったが、悪霊の鎌は大剣で止めることができない。そう気づいた時には、鎌が大剣をすり抜けてきた。ソフィアは大きく後方に飛び退き、なんとか鎌を躱した。

「鎌が剣をすり抜けました。やはり物理攻撃は効かないようです」

悪霊の鎌は肉体を傷つけるのではなく、魂を傷つける。肉体と違って魂は薬で治療できない。そういった理由から回復には長い時間がかかると、書物にあったのをロドニーは思い出した。

「その鎌の攻撃を受けるなよ。魂が傷つけられるぞ」

「面倒な奴ね！」

エミリアが顔をしかめ『火球』を放った。ソフィアに意識が行っていた悪霊に、『火球』が命中して耳障りな声を発した。

同時にロドニーは地面を蹴り、悪霊との間合いを詰めて白真鋼剣（びゃくしんごうけん）で斬りつけた。ほとんど手応えはなかったが、わずかに感じた手応えで斬ったと思った。

ロドニーに斬られた悪霊は耳障りな声を発して、その場から姿を消した。

「何？」

塵となって消え去ったわけではない。姿を見失ったロドニーは、棒立ちになった。

「ロドニー様、後ろです！」

ソフィアのその声がなかったら、ロドニーは悪霊の鎌の餌食になっていただろう。腰を屈（かが）めて鎌をやり過ごしたロドニーは、そのまま前転して体勢を入れ替えた。

「こいつ、まさか転移を使うのか？」

消えたと思った瞬間、後方に現れて攻撃されたことから、ロドニーはそう思った。しかし、ロドニーの記憶の中に、悪霊が転移するというものはない。

セルバヌイに関する書物をいくつも買い込み、日々勉強しているから間違いない。もっとも、ロドニーの知らない情報がある可能性は否定できない。

「そいつ、姿を消せるんじゃない？」

『火球』を放ったエミリアが、転移ではなく姿を消す能力ではと言った。その可能性もあるが、どちらにしろ危険なのは変わりない。

「面倒な奴だ。悪霊の姿が消えたら、どこに現れるかわからん。気を緩めるなよ」

「「はい」」

姿を消しては誰かの死角に現れ襲いかかってくる悪霊の攻撃を躱しつつ、ロドニーたちは少しずつダメージを与えていった。しかし残念なことにロドニーの攻撃は、ダメージを与えられるが致命傷まではいかない。ギリギリのところで深手にならないように、悪霊が避けるのだ。『火弾』も命中させるが、大ダメージにはならなかった。

「この悪霊は長命種かもしれないな」

「確か普通のセルバヌイよりも長く生きているという個体ですか……」

「なんでもいいけど、剣で戦えないのは気に入らないよ！」

白の真鉱石を落とした白ルルミルも長命種かもしれない。通常よりも大きな体と強さ。真鉱石を落としたことから、可能性は高いだろう。

「あ、いいこと思いついた！」

そう言うと、エミリアの細剣が淡い光を湛えた。

「それは……まさか」

「正解！『鋭気』を剣に纏わせたんだ。これなら切れるんじゃないかなー」

エミリアの動きは速かった。悪霊の鎌を圧倒的なスピードで躱すと、『鋭気』を纏わせた細剣で三連突きを放った。

悪霊は悲鳴をあげて姿を消して、エミリアの後方に現れた。しかし、エミリアはにやりと笑い、タンッと軽やかなステップで位置を変えると鎌を躱して反撃した。

「効いているよね！」

エミリアのその戦いを見て、ソフィアも大剣に『鋭気』を纏わせた。

「攻略法がわかれば、倒すのみですっ！」

ソフィアがその剛の剣を振り下ろすと、エミリアが四連突きを放った。悪霊は二人の攻撃を嫌って姿を消し、現れたのはロドニーの後方。

「お前の単純な考えなんて、わかっているんだ！」

悪霊の思考を読んでいたロドニーは、白真鋼剣(びゃくしんごうけん)をその胸に突き刺した。それがとどめに
なり、悪霊は塵になって消えた。

一応、転移したのかもしれないと警戒したが、悪霊は現れず床に生命光石が落ちている
から倒したのだと思い至った。

「厄介なセルバヌイでした」

ソフィアの言う通りで厄介なセルバヌイだった。エミリアが『鋭気』を剣に纏わせなけ
れば、もっと苦戦していただろう。

勝てて良かったと、ロドニーは額の汗を手で拭った。

「私にかかればあんなもの、ちょちょいのちょいなんだよ～」

「しかし、よく思いついたな」

「思いつくというよりは、『鋭気』の使い方を思い出しただけだよ」

「あの場面で思い出すんだから、やっぱりエミリアは天才だな」

「アハハハ。もっと褒めていいんだよ」

嬉しそうにエミリアは頭を出してきた。ロドニーは可愛い妹だと微笑み、撫でてやった。

「ロドニー様。生命光石の他に、こんなものが落ちていました」

ソフィアが拾い上げたものは、古ぼけたカギだ。

「この地下に扉はないし、思い当たるものがないな……」

「「たしかに」」

それがなんのカギかは、三人にまったく思い浮かばない。ただし、このラビリンスは廃屋の迷宮と言われているように、いくらでも建物はある。それらの建物を一つ一つ虱潰しにするのはかなり手間がかかりそうだと、ため息が出た。

「この黒い生命光石も食べるのを躊躇するよね」

「食べる前提か……」

「食べればいい根源力が得られるんだから、食べないほうがおかしいと思うよ、お兄ちゃん」

ごもっともだと、頷くしかないロドニーだった。

地上に戻ったロドニーは悪霊のことが記載されている書物を開けたが、根源力の記載はない。悪霊は存在自体が珍しく、根源力が得られるほどの数の生命光石を集めることはできないのだろう。

＋・＋・＋・＋・＋・＋・＋・＋・＋・＋・＋
＋・＋・＋・＋・＋・＋・＋・＋・＋・＋・＋

四章 強兵の道編

今日は従士が一堂に会して行われる会議の日。

今まで緊急事態がない限り会議など行われていなかったが、それではいけないとロドニーが隔月の頻度で開催することにした。その第一回目の会議が今日行われる。

「皆、よく集まってくれた。これより第一回フォルバス家方針会議を開催する」

ロドニーが開催を宣言すると、キリスが書類を各人の前に置いていく。

「この方針会議は、五人の従士と政務を取り仕切るキリス、それにガリムシロップの工房責任者であるスドベインがメンバーだ」

ロドニーを入れて八人がここに集まっている。

「では、わたくしキリスが、進行役を務めさせていただきます。お手元の資料の一ページ目をご覧ください」

最初の議題はフォルバス家の財政問題であった。

「ハックルホフ交易商会とメニサス男爵の借金はなくなりました。よって、借金はバニュウサス伯爵閣下からお借りしている大金貨六〇〇枚のみとなっております」

その金額を聞き、従士たちからかため息が漏れた。

フォルバス家の税収が年間大金貨一二〇枚程度だ。大金貨六〇〇枚は五年分の税収に匹敵するのだから、ため息が出るのも無理はない。

「ロドニー様。返済の見込みはあるのでしょうか？」

従士長のロドメルが厳しい顔で質問した。

「問題ない。その話をこれからキリスからしてもらう。まずは聞いてくれ」

「はっ」

ロドニーに促されたキリスが昨年の税収について読み上げた。

フォルバス家の税収は、大麦が五〇トン。ライ麦が七〇トン。これを通常は商人に売却して現金化しているが、今回は共に販売していない。

「大麦とライ麦を売却しなかった理由は、備蓄のためです。当家はいざという時の備蓄がまったくありませんので」

フォルバス家の倉庫の中には、昨年の秋に収穫した大麦とライ麦が収められたままだ。

フォルバス家の食卓に並ぶ分で少し減っているが、家で食べる分は些細(ささい)なものでしかない。

大麦は粉にせずに炊いて食べる方法を考え出した。大麦はパンにしてもあまり美味しくない。ライ麦パンが主で、たまに小麦のパンを焼く。そこに炊いた大麦が入ってきた。

前世の記憶から大麦を米のように炊いて、そこに自然薯(じねんじょ)のような山芋を擦り下ろして塩をかけて食べている。

大麦だけだとパサパサだが、そこに自然薯をかけるとしっとりとする。塩味だけだが、これがかなりうまいとロドニーは思っている。それに山芋は栄養もあるから、好んで食べている。

醤油があればもっと美味しくなると思うが、残念ながらこのクオード王国には大豆がない。現在は酵母と小麦で醤油が作れないか、試している。ちゃんとした醤油じゃなくてもいい。少しでも醤油に近いものができればいいのだ。

パンに関しては酵母種のおかげで、柔らかいものが食卓に並んでいる。肉もほぼ毎日食卓に並ぶ。ずいぶんと食卓が豊かになったと感じる昨今だ。

「また、今年からは新規事業を始めますので、その事業で大麦を消費することになります」

新規産業と聞いて、従士たちがざわめいた。キリスは咳払いをしてそのざわめきを抑え、人頭税と商取引税について報告した。

「現金収入は、人頭税と商取引税から得られた大金貨三三枚と小金貨七枚になります」

その金額の少なさにまたため息をつく従士たち。

「次はガリムシロップの工房の収益について報告をします」

ガリムシロップの販売は、税金ではなくフォルバス家の収入に分別されている。

「現在、月産五四四〇キロが生産されております。卸額にしますと大金貨二一七枚と金貨六枚になります」

　今度は歓喜の声があがる。

「当家は現在大金貨一〇〇枚の現金を保有しております。新規事業を興しても、資金ショートすることはありません」

　ガリムシロップを売ったら、一カ月の収入がほぼ二年の税収になる。それを聞いた従士たちは頷いて、安堵の表情を見せた。

「さて、ここで先ほど申しました、新規事業の件をご当主様より説明していただきます」

　従士たちが背筋を伸ばした。

「酒を造る」

　ロドニーが言葉少なく告げると、ホルトスが手を挙げた。ロドニーが発言を許可すると、ホルトスはどのような酒を造るのかと尋ねた。

「ビールという酒だ」

「はて、聞いたことがない酒ですが、異国の酒でございますか?」

「その通りだ。原材料は大麦を使うから、仕入れる必要はないのが大きいな」

「なるほど、税収で得た大麦を使われるのですな。ふむ」

　ロドニーはビール製造をする職人の育成を行うと言った。最初は失敗するかもしれないと話したが、ガリムシロップの販売が順調なので、問題ないと説明し従士たちを安心させた。

「しかし、なぜそのびー、ビールでしたか、を？」

「理由は二つある。一つ目は先ほども言ったように、原材料の大麦が税収として得られるということだな。二つ目は国内に同じ酒がない。同じ酒がないということは、差別化ができて単価も高く設定できる」

ロドニーの説明に、従士たちは納得した。そもそも、従士たちにそういったことを考える土台となる知識がない。納得できる理由さえ並べてしまえば否定しない、できないのだ。

それにガリムシロップという成功例があり、否定しにくいという状況もあった。

「そこで、ホルトスのところのドメアスを呼び戻せないか？　ビール工房の責任者として働いてほしいんだ」

「ドメアスを、ですか……確認してみます」

「頼む」

ドメアスはホルトスの次男で、今はザバルジェーン領のケルペという小さな町でワイン造りの職人をしている。

七年前からケルペのワイン工房で職人見習として働いていたが、昨年見習が取れて一人前の職人になっている。そのドメアスを呼び寄せ、ビールを造らせようというのだ。

ビール造りとワイン造りはまったく同じ工程というわけではないが、同じ酒造りの勘のようなものが生かせるとロドニーは思っている。

「税収と収益、新規事業の件は以上になります。次はラビリンス関連の案件と領兵の待遇の件になります。資料の二ページ目をご覧ください」

キリスに促されて資料に目を通す。

1）廃屋の迷宮から真鉱石の採掘量を増やしたい。

2）七層以降も探索したい。

3）上記二点を踏まえて、領兵の質の改善に伴う待遇改善をしたい。

「先日発見した四層の真鉱石の鉱床から、赤の真鉱石が採掘できている。現時点で六〇〇キロの真鉱石が倉庫にある。おそらく、あのような鉱床は他にもあるはずだ。それを発見したい」

「真鉱石を売り、資金を得るということですな？」

「そうではなく、領兵の武装を充実させるつもりだ。ロドメル」

「まさか、領兵に真鋼の武具を与えるというのですか？」

「領兵だけではなく、お前たち従士もだ。といっても、まだ真鉱石を真鋼の武具に鍛えてくれる鍛冶師がいないから、しばらく先の話になるがな」

ロドニーはフォルバス家の武装強化を考えていた。それにはデデル領特有の事情があるのだ。

デデル領は最北の領地であり、冬が長く厳しい土地柄だ。ロドニーがガリムシロップを作って売るまでは産業と言えるようなものはなく、国内でも有数の貧しい土地だった。そのため、人口が少ない。人口が少ないからわずかな領兵を集めるのも大変だ。昨年父と共に出征して死んでしまった領兵の補充もままならない。

補充できないのなら、死なせなければいい。できるだけ、怪我をしないようにすればいい。ロドニーはそう考えて、領兵を護る防具を中心に、主力である精鋭部隊にはできる限り上質の装備を与えたいと考えていた。

「ロドメルたちも知っての通り、たった一〇人の領兵を募集しても、その半分も集まらない。そういうことを考えれば、領兵はとても貴重だ。だから、領兵を護る防具をできるだけ良いものにして、死傷させなければいいと思ったわけだ。そのためには、新しい産業を育成して潤沢な資金を得て、ラビリンス内で多くの真鉱石を採掘して武具を造る」

ロドニーの言葉を聞き、従士たちは領主ロドニーの苦労を知った。自分たちは領兵を率いて生命光石を集めたり、盗賊を退治したりしていればいいと思っていただけに、身につまされる思いだった。

「二つ目の七層以降の深い層を探索したいと思うのは、それだけよい根源力を得られるからだ。ちなみに、これからは領兵にも積極的に根源力を得てもらおうと思う」

「しかし、領兵に根源力を得させると、上納用の生命光石を集めるのに支障が出ますが」

左頰に傷跡があるロクスウェルが、厳しい顔で問うてきた。

「これも段階的に行う。とりあえず、一層から三層のセルバヌイから得られる根源力は、全員に覚えてもらうつもりだ。その分、精鋭部隊には苦労をかけると思う。また、領兵たちのやる気を出すために、待遇の改善を行うつもりだ」

ロドニーはまず給金を引き上げると言った。
・一年未満の領兵には毎月小金貨一枚（現状と変わりなし）。
・一年以上三年未満の領兵には毎月小金貨一枚と大銀貨二枚。
・三年以上六年未満の領兵には毎月小金貨一枚と大銀貨四枚。
・六年以上一〇年未満の領兵には毎月小金貨一枚と大銀貨七枚。
・一〇年以上一五年未満の領兵には毎月小金貨二枚。
・一五年以上の領兵には毎月小金貨二枚と大銀貨三枚。
・能力給として、四層探索ができるようになったら毎月大銀貨五枚を上乗せ。
・能力給として、五層探索ができるようになったら毎月大銀貨八枚を上乗せ。
・能力給として、六層探索ができるようになったら毎月小金貨一枚と大銀貨三枚を上乗せ。
・子供一人に対して、大銀貨二枚を支給。
・当面の目標として四層以上の探索を行う領兵には、真鋼の防具を貸し与える。
仮に一五年以上の領兵が三〇人いるだけで、一年間で大金貨八二枚以上になる。ここに能力給が加わるとデデル領の税収を上回る金額になるだろう。ガリムシロップの利益があるとはいえ、このような給金体系は認められるものではない。

だが、命を懸けて働いてくれる領兵たちに報いるために、どうしても給金を上げたかった。

今はガリムシロップ頼みの財政だ。領兵の給金を上げる以上、ガリムシロップ以外にも産業を育てないといけない。他にも産業がないとガリムシロップの売り上げが下がった時に、領兵の給金を下げることになる。それだけはしたくない。

「子供に対して、給金を支払うのですか?」

ロクスウェルが驚き、声を発した。

「これはお前たち従士でも同じだ。子供が一五歳になるまで、一人当たり毎月大銀貨二枚を支給する。デデル領の将来を担う子供をたくさん産んで、育ててくれ」

「デデル領の将来を考えた施策ですな。ロドニー様がそこまで深く考えておられるとは思ってもいませんでした。ロドメル、脱帽にございます」

ロドメルが感心して、何度も頷く。

「しかしそれだけの給金を出すとなると、かなり経費が増えてしまいます。よろしいのですか?」

「エンデバーの懸念は当然のことだ。だが、ガリムシロップの収益があるから、これくらいは許容範囲だ。ただし、能力給に関してはノルマを設定するつもりだ」

「ふむ、今よりはるかに良い待遇です。兵らもやる気になるでしょう」

「武具に関しては、今すぐには改善できない。だが、給金は次の支給から適用する。四層以降のノルマに関しては来月の実績を集計し、クリアしたら能力給を与えると皆に伝えてくれ」

「「「「はい」」」」

この政策によって、デデル領の領兵は強兵への道を進むことになる。

条件にもよるが、大貴族家の領兵でも得られない給金を得られ、子供を育てる補助までしてくれる。領兵たちのフォルバス家への忠誠心は、自然と高くなった。

ザバルジェーン領バッサムの鍛冶師ドレッドから紹介された鍛冶師がロドニーを訪ねてきた。赤の真鉱石を加工できる職人を紹介してほしいと、ドレッドに頼んでから三カ月以上経ってからの来訪だった。

「本当に真鉱石を加工していいのですか?」

「そのために呼んだんだ、存分にその腕を振るってほしい」

ペルトと名乗ったその職人はまだ若く、どう見ても三〇には達していないだろう。容姿も鍛冶職人というよりは、役者のように細い。これで真鉱石の加工ができるのかと少し不安になるが、ドレッドの紹介だから大丈夫だと思って鍛冶工房に案内した。

「この工房をオイラが使っていいのですか？」

「思う存分使ってくれ。赤の真鉱石は倉庫の中に四〇〇キロほど保管してある」

「四〇〇⁉　そんなにあるのですか？」

「領主家の倉庫には、その倍の真鉱石があるぞ」

「そんなにたくさん……精いっぱい働かせていただきます！」

「あぁ、頼んだぞ。まずは従士用の武器と防具。その後は誰でも装備できるような防具を造ってくれ」

「従士様の分はわかりますが、誰でも装備できる防具ですか？　一人一人に合った防具じゃないのですか？」

真鋼の武具はとても高価だ。通常はオーダーメイドで注文者の体に合わせて造る。誰にでも装備できるというオーダーは、鍛冶師として一〇年以上この業界にいるが初めて聞いた。ペルトは面白いことを考える領主だと思いながら、ロドニーの話に耳を傾けた。

「真鋼の防具をほいほい与えることはできない。領兵に貸し出す形で、装備させるつもりだ。だから、ある程度サイズ調整ができるようにしてほしい」

「なるほど……やってみます」

「頼んだぞ」

無名の鍛冶師であるペルトだが、ドレッドの弟子であり、独り立ちを許された真鋼を加工できる鍛冶師だ。

多少難しいオーダーでもなんとかやってくれると、ロドニーは信じて任せた。

二週間もすると、ペルトは従士の武器と防具を造りあげた。ここまで早く造ってくれるとは思ってもいなかったし、ロドメルに使い心地を確認したところ好評だった。

さらに一週間後には領兵用の試作品を持ってきた。そのペルトの姿を見たロドニーは驚いた。細かった体がさらに細くなっているのだ。頬はこけて目の下にも大きなクマができている。

(こいつ、寝てないな)

「この部分が可動します。あとは紐(ひも)で縛るだけです」

説明はわかりやすく、その防具のサイズ調整の仕方も簡単だった。

「ペルト。お前、寝ているのか?」

「えへへへ。寝てないのがわかりました?　仕事に打ち込むと、休む時間も惜しくてつい……」

(こいつは根っからの職人だな。一人にしておくと、工房内で倒れてそうだ)

ロドニーはペルトのことを職人としては信用できるが、生活無能者だと感じた。

従士たちからはペルトが造った武器と防具は使いやすいと聞いている。せっかくいい腕を持っているのだから、できるだけ長く仕事をしてほしいと思ったロドニーは、誰かを付けないといけないと思った。

（さて、誰がいいかな……）

「これを一五セット造ってくれ。真鉱石が足りないなら、倉庫から持っていけばいい」

「ありがとうございます！」

「ところで、ペルト。お前、結婚はしているのか？」

「オイラですか？　結婚なんてとんでもない。オイラのところに来てくれる嫁なんていませんよ」

手っ取り早く嫁取りをさせるかと、ロドニーは考えた。そういうのは、自分よりもメイドのリティのほうがいいだろうと思ったロドニーはすぐに動いた。

「リティ、頼みがある」

「なんですか、改まって」

「鍛冶師のペルトを知っているな」

「はい、三週間ほど前に専属鍛冶師になられた方ですね」

「あいつに、嫁を世話してやってほしい。好みは俺ではわからないから、あいつに聞いてくれるか」

「まあ！　そういう話でしたら、お任せください!!」

ペルトは仕事バカだから放っておいたら寝食を忘れてしまう奴だと話すと、リティはお任せくださいと胸を叩いた。

（この村の娘を嫁にすれば、村を出ていくということもないだろうし、一石二鳥だ）

真鉱石を加工できる鍛冶師が来てくれた。絶対に逃がしたくない人材だ。無理に引き留めることはしないが、このデデル領を出ていこうと思わないようにしておきたいのだ。

ロドニーは次にビール工房の建築現場の視察に向かった。

酒造りには水が欠かせないから、川のそばにビール工房を建設している。もうすぐ完成し、今年の収穫には間に合う予定だ。

建築現場の騒々しさが、ロドニーには心地よかった。この活気がフォルバス家の収益に繋がり、さらにはデデル領の発展にも繋がるのだから。

ビール工房が完成すれば、次は酵母工房と領主屋敷を建て替える予定でいる。金はある程度貯めるが、使わないと意味がない。それで領内が潤うのだから、使わない手はない。

デデル領が好景気に沸けば、人が集まってくる。ガリムシロップのおかげで人は増えているが、それがもっと加速するだろう。

領兵の給金を上げたことも経済の活性化に繋がるはずだ。彼らがその給金を村で消費してくれるだけで、景気浮揚の一助になる。だから、領兵には怪我などせずに稼いでもらいたいと思っている。

また、給金を上げたおかげで領兵たちのやる気が上がり、生命光石の回収量が増加している。早く武具を与えてやりたいと思った。

廃屋の迷宮では、真鉱石の発見が相次いだ。ロドニーが廃屋の床から地下鉱床を見つけたように、いくつかの地下鉱床が四層と五層で発見されたのだ。

六層はまだ大規模な鉱床は発見されていないが、それも武具が配備されたら少し余裕ができて探索が進むだろうと思っている。

ロドニーも廃屋の迷宮に入っている。四層をくまなく探索したことから少し時間がかかったが、今回から五層へ入る予定だ。

五層は森の中の廃墟があるフィールドになっている。まずは森を探索するが、そこに現れたのは馬の頭を持った人型のセルバヌイだった。

それは馬頭と呼ばれる体長二メートルほどのセルバヌイで、包丁を大きくしたような剣を持っている。

馬頭の包丁を受け止めたロドニーの足が地面を陥没させた。それほどの力を持ったセルバヌイだが、『剛腕』を持ったロドニーは馬頭のパワーに負けていない。

包丁を押し返すと馬頭がたたらを踏んで後退した。その無防備なところを狙ったようにエミリアとソフィアが攻撃を加えると、馬頭は塵となって消えた。

「『剛腕』は馬頭でも押し負けないな」

「あの包丁を受けるために、私の剣はここまで大きくなったのですが、ロドニー様の白真鋼剣は本当に丈夫ですね」

従士用に赤真鋼の武器と防具をペルトに造ってもらった。

最初は従士長ロドメル用の武具で、その後は年齢順に造るためソフィアの武具は五番目に造られた。今まで使っていた剣よりやや小さくなったが、それでも大きい。

五層の探索を進めると、今度は牛の頭を持つ牛頭というセルバヌイが現れた。体長二・六メートルほどの巨体の牛頭は、巨斧を振り回して攻撃してくる。動きは馬頭のほうが速いが、その防御力とパワーは牛頭のほうが高い。

「うおぉぉぉっ!?」

巨斧を受けたロドニーが一〇メートルほど吹き飛ばされ、足で地面を抉った。パワー負けしたのではなく、質量の差によるものだ。

「こりゃ、凄いパワーだ」

「お兄ちゃん、大丈夫？」

「問題ない。だけど、エミリアの細剣であの巨斧を受けたら、間違いなく砕けるぞ」

「そんなヘマはしないから、大丈夫だよ」

エミリアが三連突きを牛頭の膝裏に放つと、牛頭は膝をついた。

「私もいますよ！」

ソフィアが牛頭の右腕にその大剣を叩き込み、右腕を斬り飛ばした。

「俺も負けてられないぜ！」

雄叫びを上げながら立ち上がろうとする牛頭。だが、ロドニーの白真鋼剣のほうが速かった。牛頭の首を斬る。それがとどめとなって、首が落ちた牛頭は塵になって消えた。

「領兵が牛頭の巨斧を受けるには、『剛腕』の他に『堅牢』もしくは『鉄壁』が必要だな」

「幸いなことに、『剛腕』と『鉄壁』はこの牛頭から得られます」

「馬頭からは『強脚』と『嗅覚強化』が得られる。これらの根源力を領兵に得てもらえば、力も速度も防御力も、さらに索敵にも役立つ」

領兵の強化に根源力は欠かせない。そのためには、多くの生命光石を得なければいけない。

ラビリンスから出て家に帰ると、すぐに生命光石を経口摂取した。

ロドニーは上級根源力の『怪腕』『金剛』『加速』と、中級根源力の『嗅覚感知』を得た。

エミリアは牛頭の生命光石から中級根源力の『剛腕』と、馬頭の生命光石から中級根源力の『強脚』を得ることができた。

ソフィアは五層までのセルバヌイが持っている根源力を持っている。ガリムシロップのおかげで資金はあるから、上納する分の生命光石を確保した後は領兵に使ってもらうための生命光石を集めることにした。

「ところで、四層の悪霊の長命種（レカフ）から得た根源力は使わないの？」

エミリアが気になっていたことを、ロドニーに確認した。

「あれは使いこなすのに苦労しているんだ。もう少し待ってくれ」

悪霊の長命種から得た根源力は、『霧散』というものだった。この『霧散』は力を散らすという効果があるのだが、使い方がなかなか難しい。

上手く使えば、『火球』などの攻撃を『霧散』で掻き消すことができるし、剣などの攻撃さえも『霧散』で防御できるかもしれない。

良い根源力だと思うが、発動までにかなりの精神集中と時間がかかる。しかも、発動後も持続時間は長くない。『霧散』の持続時間は極端に短いようだ。それらの理由から『霧散』を使いこなすのには、もう少し時間がかかるだろう。

牛頭から得た『怪腕』と『金剛』はこれまで使ってきた根源力の上位互換だったから、それほどコントロールに苦労はしなかった。『加速』と『嗅覚感知』は初めて使う系統の根源力だが、『霧散』と違って生活している上で使っている力の発展型ということもあってなんとか使えた。

「私も欲しいな～。私も経口摂取で根源力を得られたら良かったのに～」

エミリアは足をジタバタさせて悔しがっている。ロドニーはそんな妹を優しくあやすのだった。

✷

バニュウサス伯爵に頼んでいた、移住希望者がデデル領にやってきた。

当初の予定よりも多い移住希望者が集まった。
・開墾・農業従事者　………　募集は三〇名だが、三八名を受け入れた
・職人見習い（鍛冶、大工）………　募集は一〇名だが、一三名を受け入れた
・領兵　………　募集は一〇名だが、一八名を受け入れた
移住者は家族も入れると、一五〇人近くなった。長屋を建てて移住の受け入れ準備をしていたが、足りなくなって急遽建てるという誤算があった。それでも領兵が一八名も補充できたのは嬉しい誤算だ。

従士ロクスウェルには開墾・農業従事者の面倒を見てもらうことから、しばらくラビリンス探索は免除にした。

職人見習いは村の鍛冶師のところに二人、専属鍛冶師ペルトのところに三人、大工の棟梁のところに八人。

ペルトは弟子を取るなんて二〇年早いと言っていたが、真鋼を鍛えられる鍛冶師は名人だ。

「真鋼を鍛えられるペルトは名人だ。やがて国中にその名を知られることになる」

「そ、そんな、オイラなんて……」

「お前はもっと誇っていいし、自信を持っていい。だから弟子も持つんだ。いいな」

ロドニーがこんこんと説得し、そこまで言われてはペルトも受け入れないわけにはいかないと受け入れた。

「いいか、人に教えることで、それまで気づかなかったことに気づけることもある。領主をしている俺も、新鮮な発見が時々あるんだ」

「そんなものですか……？」

「そんなもんだ。だから、やってみろ。名人ペルトの技術を受け継ぐ弟子を育ててみろ」

弟子たちにはペルトの体調管理を頼んだ。リティに頼んだ嫁の話も進んでいるが、それは男女の話なので簡単に進むものではない。

大工の棟梁のところにも人を入れた。

建設中のビール工房をはじめ、酵母工房と領主屋敷のような大きな仕事だけではなく、長屋の建設もあるし既存の建物の修繕もある。

建設ラッシュが起こっているデデル領。大工の仕事はいくらでもある。

こんなに仕事が一度に来ることがなかった棟梁は面食らっていたが、それ以上に職人不足が深刻だった。

今回の見習い希望者たちが少しでも役に立てばいいが、こればかりはやってみないとなんとも言えない。

領兵はホルトスが新兵の訓練を行うことから、ラビリンス探索はロドメルとエンデバーの二人で回すことになった。

✦

短い夏が過ぎ去ろうとしているデデル領だったが、昨日の夜から風が強くなって今は雨も激しく降っている。家の木戸を激しく揺らして打ち鳴らす風雨の音が、嵐の到来を告げていた。

「家、飛ばされないかな?」

エミリアが雨漏りの雫(しずく)を桶(おけ)で受けて、不安そうに呟いた。

「この家もかなり古いから心配だわね」

シャルメもまた桶を床に置いて、滴る雨水を受けた。

フォルバス家の家は数カ所で雨漏りがして、これが貴族の住む場所かと思うような酷い有り様だ。

「領主屋敷の工事も始まったから、もう少し我慢してくれ」

数日前にビール工房が完成した。今度は酵母工房を建てようと思っていたが、家の状態が酷いことから領主屋敷を先に建てることにしたのだ。

「私の部屋は二階がいいなー」

「お母さんも二階がいいわ」

「石造りの二階建てにしているから安心してくれ。二人の部屋はちゃんと二階にあるから」

この嵐はかなり大きなもので、デデル領にその爪痕を残すことになった。嵐が通過した後、作物に多くの被害が出てしまったのだ。

「今年の収穫は昨年の七割もないか……」

「残念ながら」

キリスが被害状況をまとめてくれた。

「これからが嵐の季節ですから、予断を許さない状況です」

昨年はまったく嵐の被害がなかった。これればかりは天災なのでどうにもならないが、悔しい。

「倒壊した家は、どのくらいあるんだ?」

「不幸中の幸いと言うべきか、一棟が倒壊しただけです」

「その家の者たちは領兵の兵舎にしばらく住まわせることにする。ロドメル、手配を頼む」

「承知しました」

今回の嵐はやや早かった。今後も嵐があるはずだから、頭が痛いところだ。再び嵐の被害があると考えておかないといけないだろう。

　そんな中、ペルトが領兵用の真鋼の防具が六セットできたと、ベルトが言ってきた。領兵用の赤真鋼の鎧は、一五セット頼んでいる。残り九セットをできるだけ早く仕上げてほしいと要望した。

　すでに従士には武器と防具が支給されているため、ロドメルたちが真新しい赤真鋼の鎧や武器を使っている。

「ロドメル。赤真鋼装備の使い心地はどうだ？」

「さすがは真鋼です。戦斧からは炎が迸り、鎧は硬いですぞ」

　ロドメルの主武器は戦斧だ。その巨体にこれがよく似合う。その戦斧の攻撃を受けたセルバヌイは炎の追加ダメージを受け、場合によっては火傷を負って動きが鈍る。

　領兵用の鎧は、オーダーメイドで造った従士用の鎧よりも質が落ちる。それでも赤真鋼の鎧だから、領兵たちが使っている今の鎧よりはるかに上質なものである。

　真新しい赤真鋼の鎧を、精鋭領兵に試着してもらう。

「ケルド、どうだ？　不都合があれば、言ってくれ」

「動きを阻害しませんし、今までの鎧よりも動きやすいです。それなのに、ちゃんと急所を護ってくれてます」

「それは良かった」

身につけた感じは、精鋭領兵の六人に好評だった。あとはこれで実際に戦闘を行って不具合がなければいい。

「しかし、こんな良いものをいいのですか？」

「構わんが、当面は貸し出すだけだぞ」

「真鋼の防具を貸していただけるだけでも感謝します。大事に使わせてもらいます」

「大事に使うのはいいが、より大事なのは命だ。防具は命を護るためにあると思って使ってくれよ」

「はい、そうさせてもらいます」

ロドニーは防具が傷ついた時は、ペルトにメンテナンスに出すように命じた。領兵たちはメンテナンスという言葉を知らなかったが、それはペルトも同じだった。

鎧の保守や維持、そして良い状態を管理することだと教えて、こまめにメンテナンスをするように言い聞かせた。もちろん、その費用は領主であるロドニーが負担する。

精鋭領兵たちは赤真鋼の鎧の具合を確認すると、さっそく廃屋の迷宮に入っていった。真新しい赤真鋼の鎧を着た精鋭領兵たちが廃屋の迷宮に入っていく姿を、他の領兵たちが目をキラキラさせて見ていた。

「四層よりも深い層を探索する領兵には、用意でき次第赤真鋼の鎧を貸し与える。それに能力給も増えるから、気合を入れて取り組んでくれ」

「「はい！」」

ロドニーが激励すると、領兵たちは気合の入った返事で応えた。

ペルトにはメンテナンスを優先し、鎧を一五セット造った後は剣と槍を造ってほしいと頼んだ。防御の後の攻撃である。

「ところで、ロドニー様の鎧は造らないのですか？」

「ん、俺か？　そういえば、鎧は造ってなかったな」

「領兵に真鋼の鎧を与えておいて、領主であるロドニー様が革鎧では様になりませんよ」

「ペルトの言う通りです。ロドニー様も真鋼の鎧を造ってください」

ペルトの言葉に同意したソフィアが、本来は最も優先されるべきことだと強い言葉でロドニーに迫った。

「そうだな。皆の武器と防具が揃ったら、考えるよ」

「それでは遅うございます」

「まあまあ、そんなに目くじらを立てると、小ジワが増えるぞ」

「こ、小ジワなんてありません！」

プンプン怒るソフィアを宥めるロドニーに、エミリアが言う。

「お兄ちゃん、私の剣と鎧も忘れないでね」

「そうだったな。だけど、真鋼の武具は重いぞ。いいのか？」

「細剣はより細く、鎧は革と真鋼の複合にしてくれればいいと思うの」

「重量をできるだけ増やさない工夫だな。わかった」

ペルトにエミリアの細剣と複合鎧を頼んだロドニーは、まだ怒りの収まらないソフィアの背中を押して、廃屋の迷宮に入っていく。その後からエミリアもついていくが、ある意味夫婦喧嘩(げんか)だから近づかないようにしていた。

今回は三層で黒ルルミルを探すつもりでいる。やはり黒を狩っておかないと、中途半端な気がしたのだ。

三層といっても、その全てを探索したわけではない。三層では真鉱石が発見されないのが常識だから、戦闘経験を積むことと生命光石を集めることが優先されていた。

これまで入ったこともないような奥へ向かったロドニーたちは、そこで黒い塔を発見した。沼地にあるその塔は傾いていて、なんとも危なそうな感じを受けた。

三人は塔の周囲をぐるりと回った。入り口は一カ所しか見当たらない。

「五階建てくらいかな」

外から見る限りはそのくらいの高さだが、地下があるかはわからない。

その塔の中からただならぬ気配を感じる。しかも一つではなく、いくつかの気配があった。そのことをエミリアとソフィアに伝えると、エミリアが肩を回して気合を入れた。

「お兄ちゃん、ソフィア。行くよ！」

「おう」

「はい」

三人は朽ち果てて今にも倒れそうな木の扉を開けて塔の中に入っていった。

塔の中は吹き抜けになっていて、かなり天井が高い。ところどころに明かり取りの窓があり、うす暗いが視界は確保できる。天井は高く、やはり五階くらいはありそうだ。

壁沿いに幅一メートルほどの螺旋(らせん)状の階段があって、それを上っていけと言っているように見えた。

「行くぞ」

ロドニーが先頭に立ってエミリア、ソフィアの順に上っていく。手摺(てすり)もフェンスもない階段は、上に上がるほど恐ろしく感じる。

「ここで襲われたらかなり危険だな」

「そんなことを言っていると、襲われちゃうよ。お兄ちゃん」

人、それをフラグと言う。そのフラグ通り、何かの気配が近づいてくるのを感じたロドニーは、二人に警戒を促す。

「毒蝙蝠(こうもり)です！」

両翼を伸ばすと二メートルはあろうかという、大きな蝙蝠型のセルバヌイ。その牙に毒があるのは有名である。ただ、廃屋の迷宮の三層で毒蝙蝠の発見例はなかったことから、三人は毒対策をしていない。

　ここは引くべきかと考え振り向くと、エミリアとソフィアは抜剣していた。

（二人とも戦う判断が早いよ！）

「やるしかないか。二人とも噛まれないようにしろよ」

「「はい」」

　よく見ると数十体の毒蝙蝠が天井にぶら下がっていた。天井が黒く見えていたのは暗いからだと思っていたが、毒蝙蝠がびっしりとぶら下がっている黒さだった。

　二体の毒蝙蝠がこちらを警戒するように飛んでいる。ロドニーたちは剣を抜いているが、飛んでいる毒蝙蝠が近づいてこないと剣は届かない。ロドニーは『高熱弾』で毒蝙蝠を攻撃することにした。

　高速で飛翔した『高熱弾』が命中した毒蝙蝠が落下していく。それが引き金となって、天井にぶら下がっていた数十体が一斉に飛び立ち襲いかかってきた。

「弾幕を張るんだ！」

「わかった！」

「はい！」

　ロドニーは『高熱弾』、エミリアは『火球』、ソフィアも『火球』を放って、毒蝙蝠を攻撃する。

『高熱弾』は高速で飛翔し毒蝙蝠に命中するが、エミリアとソフィアの攻撃は躱されてしまう。それでも、牽制となって毒蝙蝠の接近を防ぐ効果はあった。

また、弾幕を掻い潜って近づいてきた毒蝙蝠は、剣で倒した。エミリアとソフィアとしては、近づいてくれたほうが倒しやすい。

激闘の末、毒蝙蝠を殲滅できた。その生命光石はかなりの数になるが、全て一階の床に落ちている。

（後から拾い集めるのが、大変だな）

階段上りを再開して頂上に到着すると、一つの扉があった。『鋭敏』は扉の中にも気配を感じることができた。

ロドニーはゆっくりと扉を開ける。扉の向こうは真っ暗で、視界がきかない。

「松明が要るな」

ソフィアが松明を用意しようとしたところで、ロドニーが吹き飛んだ。

「ぐあっ」

「お兄ちゃん⁉」

「ロドニー様⁉」

吹き飛んだロドニーは壁にぶち当たり危うく階段から落ちるところだったが、なんとか持ちこたえた。

「大丈夫だ。『金剛』が護ってくれた」

何があるかわからないから、『金剛』を発動させて扉を開けたのが良かった。ロドニーは『鋭敏』で気配を探って『高熱弾』を射出した。

その『高熱弾』が何かに当たって消え去った。

「まさか迎え撃たれたのか⁉」

高速で飛翔する『高熱弾』を迎え撃たれるとは思ってもいなかったロドニーは、歯を噛み悔しさを滲ませた。

「こうなったら数で勝負だ！」

『高熱弾』を連射する。しかしそれを何かで迎え撃たれ、さらに機敏な動きで躱されていく。『高熱弾』が躱されて壁に穴が開いていくと、光が入ってきて次第にそれの正体が見えてきた。

「黒ルルミルか⁉」

「かなり大きいです！」

白ルルミルも大きかったが、この黒ルルミルはさらに大きかった。しかも、『高熱弾』を迎え撃てる威力のある何かを放出することができるため、油断はできない。

三人は黒ルルミルを包囲するように位置取った。

ロドニーが『高熱弾』を射出すると、黒ルルミルは異常な反応速度を見せて、それを躱した。そこにエミリアが一気に距離を詰めて三連突きを放ったが、黒ルルミルは体を変形させてその突きを全て躱してしまった。

「うっそ――――っ!?」

「こいつはただのルルミルじゃない。ヤバい奴だ」

「また長命種ですね」

エミリアは五層の馬頭でさえ完封できるほどの力を持っている。そのエミリアの速度に対応して、三連突きまで躱せるルルミルなんていないだろうと、ロドニーは毒づきたくなった。

黒ルルミルの異常さはそれだけではなかった。ソフィアの大剣に黒い何かを射出してその大剣を弾いたのだ。

「くっ、やりますね」

さらに、黒ルルミルは触手のようなものを伸ばして追撃しようとするが、ソフィアは大きく飛び退いてそれを躱した。

そこにエミリアが飛び込んでその触手を斬り飛ばそうとしたが、細剣は黒ルルミルの触手をすり抜けた。

「げっ、こいつ斬れないよ」

黒ルルミルが飛ばした黒い何かを躱しながら後退するエミリアが、顔をしかめた。

「悪霊以上の強さかよ……本当に面倒だな」

今のエミリアの武器は普通の鉄製で、悪霊系に効果はない。この黒ルルミルは悪霊系と同じだと感じ取ったエミリアは剣に『鋭気』を纏わせた。

ロドニーは『加速』を発動させて一気に距離を詰めて黒ルルミルを斬った。手応えはあったが、黒ルルミルを倒すまでには至っていない。

「こんにゃろーっ！」

黒ルルミルが怯んだと判断したエミリアが、『鋭気』を纏わせた細剣で四連突きを放った。その攻撃は確実に黒ルルミルを貫いてダメージを与えた。そこにソフィアが大剣を振り下ろし、黒ルルミルを一刀両断した。

三人は勝ったと思ったが、なんと黒ルルミルは二体になって活動を始めた。

「くそっ、これじゃきりがないぞ」

「お兄ちゃん、どうすの？」

「どうするったって……。ちょっと考えるから時間を稼いでくれ」

「いいけど、考えてなんとかなるの？」

「わからない」

それがわかっていたら、時間を稼ぐ必要はない。

とにかくエミリアとソフィアで二体の黒ルルミルを相手して、その間にロドニーが考え

ることになった。

（どうしたらいいんだ？　考えて何がわかる？）

ロドニーは何も浮かんでこない頭を激しく振って、頭の中を空っぽにし、先入観なしで黒ルルミルと二人の戦いを見つめた。

黒ルルミルは二人の攻撃をその反応速度で躱し、さらには黒い球を放って反撃までする。

（ん……動きがさっきより遅い？　エミリアの攻撃がさっきよりも綺麗に決まっている）

二つに分かれたことで、黒ルルミルの大きさは半分ほどになっている。それだけではなく、黒ルルミルの動きが遅くなっている。おそらく分裂すると能力が下がるのだろう。それはわずかな差でしかなく、攻撃してさらに分裂されたら手数で負けてしまうかもしれない。そうならないためには、一瞬で消滅させる必要がある。

一瞬で黒ルルミルを消滅させる手段としてすぐに頭に浮かんだのは、『高熱弾』だった。だが、なんとなくだが、『高熱弾』では威力が足りないと、ロドニーは思った。

「くっ」

ソフィアが黒い球を受け、顔を歪める。エミリアも何度か黒い球が掠っていて、額に大粒の汗を浮かべている。このままでは、二人が殺られてしまう。

（どうするんだ。どうすればいいんだ……）

そこでロドニーは閃いた。一つで攻撃力が足りないのであれば、二つ三つと重ねてしまえばいい。

『高熱弾』の威力をさらに上げるために、『火弾』を重ねて発動させようとした。連続で発動させるのではなく同時に発動させ、さらに合体させる。そのコントロールはとても難しいものだった。息をするのを忘れるほどの集中をする。全身の毛穴から汗が吹き出し、それが頬を伝って顎先から床に落ちた。

「避けろ、エミリア」

その声でエミリアが飛び退き、ロドニーが『高熱弾』と『火弾』を合体させた『高熱火弾』とも言うべき燃える弾を射出した。

『高熱火弾』は不規則に揺れながらも超高速で飛翔し、炎の帯を残して黒ルルミルに命中した。『高熱火弾』が体内に取り込まれたように見えたが、直後、黒ルルミルの体が膨張して炎に包まれ、最後には弾け飛んだ。

「はぁはぁ……」

黒ルルミルを一体倒したロドニーは、全身が脱力感に襲われてその場に腰が落ちてしまった。

「お兄ちゃん、やったー!」

「お、おう。やったぜ」

肩で息をするロドニーだったが、そこでソフィアが吹き飛ばされた。

「きゃっ」

「「ソフィア!?」」

エミリアが黒ルルミルとソフィアの間に入る。さすがに素早い。

ソフィアは黒い球の直撃を受けたようで、腹を押さえてうずくまっている。その額からはかなり大粒の汗が滴り落ち、その痛みのほどが窺えた。

「くっ、ここでやらなくて、いつやるんだ！」

震える足を殴りつけて立ち上がったロドニーは、もう一度『高熱火弾』を構築した。

目がかすむほどつらいが、ソフィアはもっと苦しい思いをしているのだと自分を鼓舞する。

「エミリア！」

「うん！」

「喰らえ！」

超高速で不規則に揺れる『高熱火弾』は、黒ルルミルに命中した。先ほどと同じように、燃え上がった黒ルルミルは弾けて消滅した。

それを見て安心したのか、ロドニーの意識はそこで途切れた。

✦

デデル領ガルス村にハックルホフ貿易商会のマナスがやってきた。

マナスはガリムシロップ工房でガリムシロップを受け取る前に、ロドニーを訪ねてきたのだ。

「こちらがロドニー様よりご注文いただいておりましたものです」

「手を煩わせて済まなかったな、マナス」

「いいえ。しっかり儲けさせていただいておりますので、このくらいなんでもございません」

マナスから受け取ったのは、他の領地のラビリンスから産出される生命光石だ。

経口摂取すれば確実に根源力を得られるロドニーにとって、生命光石さえあれば色々な根源力を集めることができる。だからマナスに欲しいと思った生命光石を買いつけてほしいと頼んだのだ。

「それで、いくらになった？」

「お代は不要にございます」

「ん？」

「商会長のお言葉をお伝えしますと、孫に贈り物だと仰っておりました」

「本人がいたら無理やり代金を渡すところだが、マナスに渡してはマナスが困るか。了解だ、祖父からの贈り物に感謝すると伝えてくれ」

「それが、もう一つ伝言があります」

「なんだ？」

「お礼は冬になる前に直接言いに来てほしいとのことです」

孫の顔を見たいハックルホフの策略であった。祖父としてみれば、可愛い孫に会いたいのだ。

「そうだな。収穫が終わったらバッサムに行くと伝えてくれ」

「商会長が喜びます」

マナスはガリムシロップ工房でガリムシロップを積み込んで帰っていった。

その後、ロドニーはビール工房に立ち寄って醸造の様子を確認した。

「発芽が確認できましたので、乾燥室に移したところです」

この若者は従士ホルトスの次男、名をドメアスという。ザバルジェーン領のケルペという小さな町でワイン造りの職人をしていたところをロドニーに呼び戻され、ビール工房の責任者に収まっている。

「ビール造りはまだ始まったばかりだ。失敗を恐れずにうまいビールを造ってくれ」

「誠心誠意努力します」

大麦から酒を造るのは初めてだが、ドメアスはよくやっているとロドニーは評価している。

「乾燥後、粉砕してくれ。また来るよ」

「はい。承知しました」

製法は最初に説明しているが、細かいところは職人の勘に頼らざるを得ない。だから失敗してもドメアスを責めることはしないと、ロドニーは誓っている。

そしてビール工房を任せた以上は、信じてビールができるのを待つつもりだ。もちろん、最初の製造はドメアスもわからないことばかりだろうから、その都度ロドニーがわかる範囲のことを教えている。

それでも足りなければ、職人であるドメアスに試行錯誤してもらうしかない。ロドニーにはざっくりとした知識しかないのだから。

次は新領主屋敷の建築現場を視察した。まだ土台に着手したばかりだが、その広さは今の家の数倍ではきかないだろう。

さらに海岸へ向かった。海には数隻の船が出ていて漁をしている。小規模の漁船ばかりだ。デデル領に遠洋漁業ができる大型船はないが、近海でも豊かな漁場だ。

そんな長閑（のどか）な海岸に、エミリアとソフィアの姿があった。

エミリアは砂浜だというのに、圧倒的な速度で動いていた。まるで砂の上を滑っているようにロドニーには見えた。

ソフィアはその逆で、巨石に向かって大剣を振った。大上段から振り下ろされた大剣は、巨石を真っ二つに切り裂いた。さらに大剣を軽々と操って巨石を粉々に斬り刻んだのだ。

「やってるな。根源力を使いこなせているようで、何よりだ」

「見てよ、お兄ちゃん。以前と段違いに速いよ！」

「この力は素晴らしいです。ロドニー様」

エミリアは『加速』、ソフィアは『怪腕』を得た。二人は生命光石からこれらの根源力を得たのではなく、ロドニーの根源力を分け与えたのだ。

廃屋の迷宮の三層で発見した黒ルルミルとの激闘の後、二個の生命光石が残った。まさか生命光石を二個落とすとは思っていなかったが、二体に分かれたことで二個落としたようだ。

ロドニーがその生命光石を経口摂取したところ、『結合』と『分離』という根源力を得た。

『結合』はあるものと、あるものを結びつける根源力だ。

『分離』は結合しているものを、分けることができる根源力だ。

ロドニーは『分離』を使って『加速』と『怪腕』を自分から分け、その後に『結合』を使ってエミリアに『加速』、ソフィアに『怪腕』をつけた。

ロドニー自身は経口摂取によって再び『加速』と『怪腕』を得ることができるから、今後は従士や領兵に良い根源力を与えたいと思っている。

問題は二つある。一つ目は経口摂取による激痛だ。再びその根源力を得る時に、あの激痛があるのだ。これはかなりマイナス要因になる。

二つ目はロドニーが持っていた根源力を誰かに『結合』し、さらに二つ目の根源力を結合させようとしてもできないということ。ただし、一つ目を『分離』させると別の根源力を『結合』させることができる。

許容量が一つという可能性が高いと考えたが、ソフィアが持っていた根源力をロドニーに『結合』した場合、複数を『結合』することができた。理由はわからないが、仮定として『結合』の持ち主だからというものが考えられた。

さらに、根源力と根源力を『結合』させることができた。『高熱弾』と『火弾』を『結合』させて『高熱火弾』にすることができたのだ。

『高熱火弾』は黒ルルミルとの戦いでロドニーが使ったものだ。黒ルルミル戦の時は無理やり根源力をくっつけたことで疲弊したが、『結合』した『高熱火弾』は普通に発動させることができた。おかげで、高威力の遠距離攻撃の手段ができたと、ロドニーは喜んだ。

この根源力を複数『結合』した根源力もロドニーは複数持つことができたが、ソフィアたちはやはり一つの結合根源力しかつけることができなかった。

『高熱火弾』は『高熱弾』よりもはるかに射程距離が長く、飛翔速度も速い。さらに威力も高い。使用するには慎重にならざるを得ないが、切り札になる根源力として期待できる。

『高熱火弾』はエミリアとソフィアも欲しいと言うので、白ルルミルを探すことにした。かなり苦労したが、二体の白ルルミルを発見して生命光石を得ることができた。

ロドニーはソフィアとエミリアに『高熱火弾』を与え、二人と共に『高熱火弾』の制御を訓練することにした。

普通に発動できる『高熱火弾』だが、訓練しなければ命中精度が悪いのだ。特に距離が離れれば離れるほど命中精度は悪くなる。

『剛力』などの身体能力を上げる根源力は簡単に使いこなす二人も、放出系の根源力はそこまで才能を発揮できないようだ。そこは自分と同じだなと、少しだけホッとするロドニーだった。

船のいない方角に向かって、『高熱火弾』を発動させる。炎の帯を残して高速で飛翔した『高熱火弾』は、二〇〇メートルほど先の海に着弾して巨大な水柱を作った。

小舟に乗っている漁師たちが、それに驚いて船の上で棒立ちになった。

「お兄ちゃん、漁師さんたちが驚いているじゃないの」

「『高熱火弾』はラビリンスの中で訓練することにするよ」

「それがいいですね、ロドニー様」

『高熱火弾』の訓練はラビリンスの中ですることにして、ロドニーは『カシマ古流』の訓練をすることにした。

型を正確になぞり、動き方を体に馴染ませる。それができないと、『カシマ古流』本来の動きはできない。

ちなみに、毒蝙蝠の生命光石からは、何も得られなかった。本来なら下級根源力の『風球』を得られるが、ロドニーは経口摂取でその中級根源力の『風弾』を持っているからだと思われる。

ルルミルとは別のセルバヌイだからエミリアとソフィアだと『風球』を覚えられるが、数がそこまでない。あの数日後、黒ルルミルが陣取っていた黒い塔を確認したが、黒ルルミルと毒蝙蝠はいなかった。

家に帰ると、マナスが届けてくれた生命光石を経口摂取することにした。

また苦しみもがくことになるが、それによって根源力を得られるのだから、我慢だと思ってやっている。

数度の苦痛を経てロドニーが得た根源力は、『強化』『増強』『召喚』『疾風』の四つ。

この中で『強化』と『増強』は共に根源力の効果を高めることができるというもので、補助的な根源力だ。一方、『疾風』は『加速』同様に身体的な速度を上昇させる。

異色なのは『召喚』である。この『召喚』は生命光石を消費することで、一体のセルバヌイを具現化させて使役できる根源力になる。ただし具現化させたセルバヌイを送還しても、生命光石は戻ってこない。そのため具現化したセルバヌイはそのまま使役し続ける者が多く、商人などに人気のある根源力だ。

餌が不要なセルバヌイも存在するが、召喚したセルバヌイも生きているから餌が必要になる。馬を飼うよりもその餌代が高くなる傾向があり、費用対効果を考えて召喚しなければならない。

　さらに強力なセルバヌイほど使役しにくく、召喚者の命令を聞かない場合もある。召喚したセルバヌイが召喚者の命令を聞かない場合、本能の赴くままに人間を殺戮するからよく考えて使わないといけない根源力だ。

「お兄ちゃんは、どんなセルバヌイを使役するつもりなの？」

「できれば、岩巨人を使役したいな」

　岩巨人は体長四メートルもある岩の巨人だ。全身が岩の大型セルバヌイとして、それなりに有名である。岩巨人はクオード王国の南部にあるラビリンスのセルバヌイで、その生命光石の産出量はかなり少ない。生命光石は市場には出回らないから、手に入れるのはかなり難しいだろう。

「お兄ちゃんが岩巨人なら、私は鉄猫かな」

「鉄猫の生命光石は、岩巨人よりも手に入らないぞ」

　鉄猫は全身が鉄のような毛で覆われている猫型のセルバヌイだ。動きが俊敏で、愛嬌（あいきょう）のある仕草をするらしい。鉄猫はクオード王国の隣国のラビリンスに出るセルバヌイで、その生命光石を手に入れるのはかなり難しい。

「でも、可愛いって聞くよ」

「手に入ったらいいな」

「うん」

　ソフィアにもどんなセルバヌイを使役したいか聞いたら、剣馬だと即答した。剣馬は馬型でスマートな容姿から、騎士に人気があるセルバヌイだ。王都では道を歩いているセルバヌイの三分の一は剣馬だと言われている。

　もっとも、二人には『高熱火弾』を『結合』で与えているので、『召喚』を与えることはできない。

　今回得た『増強』を使いこなせれば、もしかしたら『召喚』枠を増やせる可能性がある。もうすぐ来る長い冬の間に、『増強』などの根源力の使い方を訓練するつもりでいる。

　ロドニーたちが根源力の話をしていると、家の外が騒がしくなった。

『高熱火弾』の衝撃のせいで魚が気絶して海面に浮かび、豊漁になった漁師たちが魚を持ってきたのだ。

「まぁまぁ、こんなにありがとうね」

「今日は領主様のおかげで大漁でした。ありがとうございます」

　シャルメとリティがたくさんの魚を受け取った。

「こんなにたくさんあっても、ウチだけでは食べきれないから、従士の家にも持っていってあげて」

「畏（かしこ）まりました」

たくさんの魚が家に届けられ、従士の家にもおすそ分けしたほどだ。

翌日、ロドニーたちは廃屋の迷宮の五層を探索した。かなり奥に実をつけている木があった。その実は前世の記憶にあるリンゴに似ていた。

デデル領では果物があまり流通しておらず、見たことのないものだった。ドライフルーツもリンゴはなかったから、素直にリンゴと名づけた。

「美味しい！」

リンゴを齧ったエミリアの頬が緩む。

「おい、毒があるかもしれないから、軽々しく口にするなよ」

「これは大丈夫よ。私の勘がそう言っていたもん」

（野生の勘かよ）

困ったものだと、ロドニーとソフィアは苦笑した。思いがけずエミリアのおかげで毒見ができたから、ロドニーとソフィアもリンゴを食べる。

前世の記憶にあるリンゴよりも酸味がやや強いが、甘味も強くていい具合に調和していて美味しかった。

ロドニーは若い木を持ち帰ることにした。リンゴは寒い地域でも育てることができるはずだ。問題はラビリンス内でしか生育しない可能性と、嵐だろう。

もしラビリンスの外で育たなくても、この五層でリンゴを収穫すれば食卓が豊かになると思った。

幸いにもリンゴの木は数十本あり、一本の木に二〇個以上の実が生っている。

地上に持ち帰ったリンゴの木は、すぐに枯れてしまった。残念なことだが、ラビリンスの植物は地上では育たないのかもしれない。

✦

ロドニーはエミリアとシャルメを連れて、ザバルジェーン領バッサムへと向かった。

道中、盗賊に襲われることもなくバッサムへ到着すると、ロドニーはバニュウサス伯爵の大鷲城へと赴いた。

バニュウサス伯爵家には隣国との戦争への出征命令が下っていたが、伯爵は大鷲城にいた。家臣や分家の者を代理として軍を率いらせるのは、大貴族であれば普通のことだ。

それがロドニーのフォルバス騎士爵家のように、下級貴族の吹けば飛ぶような小さな家だと当主やその嫡子が出征するのが慣例だ。

ロドニーは父親の戦死によって三年間は出征を免除されているが、それもあと一年半ほどで終わってしまう。それ以降は、ロドニーにも出征の命令が下されるだろう。

できれば戦場などに出たくはないが、命令が下されれば行かざるを得ないのが貴族なのだ。

「今回は負け戦らしいぞ、ロドニー殿」

不意にバニュウサス伯爵がそう語った。

「そうなのですか？」

「前回の争いで、かなり押し込んだらしい。ジャバル王国は奪われた土地を奪い返すために、鼻息が荒いということだ」

クオード王国は隣国ジャバル王国と、遺跡を巡って長年争っている。父親のベックが戦死した二年前の戦いも、昨年の戦いも激しかった。その昨年の戦いではジャバル王国を大きく後退させたらしく、今回は厳しい反撃があるだろうとバニュウサス伯爵は見ているのだ。

このように二年連続で激しい戦いがあるのは珍しい。大概はお茶を濁すような、小競り合いがある程度なのだ。

「あと一年半でフォルバス家にも出征の命令が下されるかもしれないが、その時には勝ち戦であればいいいな」

「当家のような小さな家は、閣下の庇護下で細々と命を長らえさせていただくしかありません。その時は、よしなにお願いいたします」

今回の訪問で、バニュウサス伯爵家にしていた借金の半額を返済した。

ガリムシロップの収入は多いが、新しいことを色々やっていることから出費も多い。それでも来年の今頃には完済しているだろう。これで誰に憚ることなく産業育成に資金を注ぎ込める。

また、一年半後に出征免除が失効しても、経口摂取で根源力を得られるロドニーは今よりも多い根源力を手に入れているだろう。

戦場へ出ても生きて帰れる可能性が高くなるのだから、ハックルホフに頼ってでも多くの根源力を手にしたい。

バニュウサス伯爵には、今回もガリムシロップを贈った。寄らば大樹の陰のためには、バニュウサス伯爵の心証を良くしておくのは当然のことだ。

まだ酵母工房ができてないから柔らかいパンは出していないが、その噂はバニュウサス伯爵の耳に入っている。そのパンを食べてみたいと思っているバニュウサス伯爵だが、ねだるのは体裁が悪い。

だが、できたてほやほやのビールを贈られると、バニュウサス伯爵の興味はそちらに移った。アルコール度は五パーセント程度で、ワインより低い。

このビールには、加糖用にガリムシロップを加えている。苦みの中にガリムシロップの香ばしさがある味わい深いビールになった。

「この泡は……なんだね？」

「それがビールの特徴です。閣下」

バニュウサス伯爵はビールの匂いを嗅ぎ、ひと口含んだ。

「むっ、苦い……だが、香ばしくもある……それにこのシュワシュワしたものは……なんというか、斬新な飲み物だ」

「このビールは、最初にのむ一杯目が一番美味しいのです、閣下。ですから、まずは一気に飲んだほうが良いでしょう」

ロドニーは上唇に泡が付くのも気にせずに、喉を鳴らして一気に呷（あお）った。

それを見ていたバニュウサス伯爵も一気に呷った。喉を鳴らした瞬間、目を見開いた。

「おお、これはいい。このシュワシュワが喉を刺激して、もっと飲みたくなる」

バニュウサス伯爵はビールが気に入った。こういった炭酸が入った飲み物は、クオード王国になく斬新だった。

「ビールは夏の暑い日に冷やして飲むのが一番美味しいのです。残念ながらこれから冬ですが、それはそれで美味しいですよ」

「どちらにしてもうまいということだな！」

ビールをキンキンに冷やすのは、簡単ではない。だが、バニュウサス伯爵家のような大貴族なら、『冷凍』や『冷却』の根源力を持った家臣の一人や二人はいるだろうと思って提案した。

なお、クオード王国に飲酒に関する年齢制限はない。貴族は子供の頃からワインを飲む習慣がある。だから一〇代のロドニーがビールを飲んでも、違法ではない。

他国の話になるが、飲料水よりもワインのほうが安い場所さえあるのだ。

✴

「ロドニィィィィィィィィッ！」

「なんだよ、爺さん」

「この酒はなんだ⁉」

「ビールだけど？」

「うまいぞ！　シュワシュワがいい！」

「まだ試作段階だから、いずれもっと美味しいビールができると思うぞ」

「できたら、すぐに知らせるのだ！」

「ワインと違って熟成期間が短いから、冬の間に試作品がいくつか完成するぞ」

「なんだと⁉　当然、送って寄越すのだろうな」

「顔が近いぞ、爺さん。それと冬の間は無理だ。デデル領は雪深いからな」

「マナスは通っているだろ！」

「いや、マナスは雪用の荷車を持っているだろ。しかも、雪なんかものともしないセルバヌイを使役しているし」

「あれはワシの店のだ。そうだ！　お前に荷車をやる！　だから、ビールを寄越せ！」

「いや、普通にマナスが来た時に持って帰らせればいいだろ」

「それもそうか！　よし、マナスに命じておくのだ！」

なんとも騒々しい祖父である。

その祖父だが、ロドニーに絡んだ後はエミリアに絡みに行った。エミリアはシーマと買い物に行くと言うので、ハックルホフも二人についていくらしい。可愛い孫娘と共にお出かけするんだと、とても幸せそうな顔をしている。

だが、ロドニーは知っている。女性の買い物に首を突っ込むのは自殺行為だと。

（爺さんよ、生きて帰ってこいよ）

ロドニーの心配とは裏腹に、ハックルホフは元気いっぱいで帰ってきた。心なしか肌の色艶がよくなったように見える。ハックルホフにとって二人の孫娘との買い物は疲れるものではなく、英気を養うものだったようだ。

ロドニーには理解できない領域に、ハックルホフはいるのである。

四泊五日を過ごしたロドニーたちは、ハックルホフの屋敷を出立した。北上するとワインの産地であるケルペに差しかかって、そこでワインを五樽（たる）購入した。

ロドニーが飲むのではなく、母シャルメが飲む分と優秀な部下に与える分だ。バニュウサス伯爵の前でビールを一気飲みしたロドニーだが、ワインはそこまで好きではない。ビールは炭酸のシュワシュワ感が好きで飲んでいるが、ワインはただアルコール度が高いだけの酒だと思っている。

だから、ワインは付き合いで飲む程度で構わない。

(本当にビールを造って良かった……今後は祝いの席でもビールが出るように仕向けていこう)

ケルペを出てすぐのところで、それは起こった。

街道を進んでいると、北から慌てた人々が駆けてくるのが見えた。人が波のように押し寄せてくることから、ロドニー一行は下手なことをせずに道の端に馬車を寄せて停まった。

「確認してきます」

人々の尋常ではない慌てように、何ごとかとソフィアが馬を走らせて確認に向かった。

ソフィアが戻ってくると、なんとセルバヌイが暴れているというではないか。

「なんで地上にセルバヌイがいるの?」

「『召喚』したはいいが、使役できなかったんだろう」

エミリアの質問にロドニーが答えた。下級のセルバヌイなら根源力『召喚』の力で一〇〇パーセント使役できるが、中級や上級のようにより上位のセルバヌイの場合はその限りではない。中級以上のセルバヌイを『召喚』した使役者の力が不足していると、セルバヌイをコントロールできないのだ。そうなると、セルバヌイは本能のまま暴れ回ることになる。

「あの先はメニサス男爵のデルド領だったな」

「はい、セルバヌイはデルド領からやってきたようです」

「メニサス男爵は戦場に赴いていると聞くが、誰が『召喚』したんだ？」

生命光石は中級、上級となるほど購入金額が高額になる。中級の生命光石は最低でも小金貨四枚はするし、上級になれば大金貨一〇枚以上が必要になる。だから、『召喚』できる者は金持ちに限定される。

ケルペの領兵が横を駆け抜けていく。かなり大騒ぎになってきた。

人の波が落ち着いた頃にロドニーたちも近づいていく。領兵が宙を舞って飛んでいくのが見えた。

「おいおい、あれはダメだろ」

「うわー、領兵がゴミのようだね」

「エミリア。領兵に失礼だぞ」

領兵と戦っていたセルバヌイは、巨大な鎧騎士だった。ロドニーは記憶を掘り起こし、騎士王鬼という珍しいセルバヌイに辿（たど）りついた。

廃屋の迷宮の四層に現れる首無騎士と違い、首がある騎士だ。騎士王鬼は体長四メートルもある巨体で、頭部には立派な角があることから『鬼』の名がついている。

「あれは上級のセルバヌイだ。強いぞ」

騎士王鬼を『召喚』して従えるには、使役者を含む三、四人で上級のセルバヌイを倒せる程度の力が必要になる。それほどの強者がいればいいが、そうじゃないと領兵は全滅するだろう。

「囲んで『火球』を放て！」

領兵の隊長が指示を与えるが、『火球』程度の攻撃では蚊が刺した程度のものだろう。

（これはマズいな）

「ソフィア。戦闘準備だ」

「はい」

ロドニーの命を受けて、ソフィアが領兵たちに指示を出す。

「お兄ちゃん、私も」

「エミリアはドレスだから、今日は見学だ」

「えー」

エミリアはシーマの行きつけの店で、いくつかのドレスを作ったうちの一着を着ている。とても戦闘ができる恰好ではないドレス姿を改めて見たら、以前シーマと共に行った店で作った服を着ていないことを思い出した。その服はハックルホフの屋敷で、大事にしまわれているのだ。

（無駄な服を作ってしまったな。バニュウサス伯爵からパーティーの招待状をもらっても、

忙しくて出席できない。もっとも、そうやって理由をつけて欠席していたが、そろそろ出席しないといけないかな)

　寄親のバニュウサス伯爵のパーティーくらいは出席するべきだろうと思ったロドニーは、借金返済の目途も立ったので今後は貴族らしいことを少しずつ始めようと決めた。あくまでも少しだが。

　領兵たちに馬車の護りを任せ、ロドニーはソフィアと二人で戦場に向かった。

「助太刀する」

「助かります」

　二〇人ほどの領兵の半数は、騎士王鬼によって倒されていた。

「はぁぁぁぁぁぁっ！」

　ソフィアが大剣を構えて騎士王鬼に斬りかかると、騎士王鬼はその大剣を盾で受け止めた。反撃の巨剣を出してきた騎士王鬼だったが、ソフィアは一歩下がって騎士王鬼の巨剣を受け止めた。地面が陥没するほどの衝撃が、ソフィアの大剣に圧(の)しかかる。

「ソフィア！」

　ロドニーの声に反応し、騎士王鬼の巨剣を弾いたソフィアが飛び退いた。ロドニーが射出した『高熱炎弾』が命中すると思ったが、騎士王鬼はその巨体に似合わぬ素早さで盾を構えて防いだ。

だが『高熱炎弾』の威力は凄まじく、轟音と共に爆炎が立ち上り、騎士王鬼はその盾ごと左腕を消失してしまった。

「な、なんという威力……だ」

領兵の隊長が絶句する声が聞こえ、騎士王鬼の左腕が消失したのを見たソフィアが斬りかかった。

「せいっ！」

騎士王鬼も巨剣でソフィアを迎え撃とうとしたが、その巨剣を掻い潜ったソフィアの大剣が騎士王鬼の右足を切った。

ソフィアは騎士王鬼の右足を集中的に狙い、ロドニーも『火弾』で上半身を攻撃した。

二人の猛攻に曝された騎士王鬼は、防戦一方になった。

「ソフィア！」

「はい！」

阿吽の呼吸と言うべきか、ロドニーの声にソフィアは反応し騎士王鬼から距離をとった。同時に『高熱火弾』が放たれ、騎士王鬼の左足に命中した。騎士王鬼は左足が吹き飛ばされて倒れた。

それを見て一気に間合いを詰めたソフィアが、騎士王鬼の首を斬り落とした。これがとどめとなって、騎士王鬼は砂塵になって消えた。

「ご助力、感謝いたします」

隊長が謝意を表したところで、ケルペから増援がやってきた。

そこでロドニーがデデル領を治めるフォルバス騎士爵だと知って、隊長はロドニーたちをケルペの行政府に招待して歓待した。

今回の話はすぐにバッサムのバニュウサス伯爵にも報告され、同時に騎士王鬼がどこからやってきたのか調査が行われた。

翌日にはバニュウサス伯爵の使者がケルペにやってきて、ロドニーに感謝の意を伝えた。

「あの騎士王鬼はメニサス男爵のデルド領からやってきました。上級セルバヌイの騎士王鬼ということを考えると、『召喚』できる者は多くないでしょう」

使者はメニサス男爵の関係者が騎士王鬼を『召喚』したと言わないが、思っているようだ。なんとも難しい話になってきたと、ロドニーは感じた。

メニサス男爵の関係者があの騎士王鬼の『召喚』に失敗したことで、バニュウサス伯爵の領兵が二人死亡している。他に六人が重傷で五人が軽傷を負った。

騎士王鬼が暴れていて、ザバルジェーン領へ侵入する可能性がある。事前にメニサス男爵家からバニュウサス伯爵家に連絡があったら、事はそこまで大事にならなかった。緊急事態だからそれができなくても、あの直後に使者が訪れて謝罪するだけでバニュウサス伯爵は大事にしなかったはずだ。

しかし数日経っても連絡どころか謝罪の使者もない。これではバニュウサス伯爵の顔を潰すどころか、敵対していると考えられても仕方がない行動である。

ここがデデル領なら他人事ではない。しかしここはバニュウサス伯爵が治めるザバルジェーン領だから、深く関わることは避けるべきだ。

すでに騎士王鬼退治に首を突っ込んでしまったが、これはメニサス男爵家とバニュウサス伯爵家の問題である。ロドニーは首を突っ込めないし、突っ込むべきではない。だから長居をせずに帰ることにした。

帰りは遠回りになるが、メニサス男爵のデルド領は通らずにリリス領からセッパ領、さらにアプラン領を通ってデデル領に戻った。

今回のことは北部貴族の間に瞬く間に広がった。

メニサス男爵は戦地でそのことを聞いた。しかも、身内からではなく、他の領主から聞いたのだ。面目丸潰れになって激怒したメニサス男爵は、すぐに自領を預かっている嫡子に原因を究明しろと命じた。

ザバルジェーン領ケルペの町からほど近い領境に、冷や汗を流している男がいた。顔は

ニキビが潰れた痕でボコボコで、まだ二〇過ぎという若さだが茶髪がかなり薄くなって頭皮が見えている。残り少ない髪は、冷や汗によって肌にべたりと纏わりついている。

彼の名はガキール＝ターケン＝メニサス。メニサス男爵の次男で嫡子である。

ガキールがいるのはザバルジェーン領とデルド領の領境付近で、デルド領に入って三〇〇メートルほどのところだ。こんなところで何をしているのかというと、騎士王鬼を『召喚』したのがガキールなのだ。

父親のメニサス男爵がロドニーを酷く罵っていた。その影響を受けて、ロドニーを待ち伏せしていたのだ。

父親が戦場にいる間に、父親が嫌っているロドニーを殺す。きっと父親は褒めてくれるだろうと、ガキールは考えた。

家臣がフォルバス家の馬車が見えたと言った瞬間、ガキールは騎士王鬼を『召喚』した。家臣は領境を越えるまでもう少し時間がかかると報告しようとしたが、待ちきれなかったガキールは報告を最後まで聞かずに騎士王鬼を『召喚』してしまったのだ。

ガキールは根源力を五種類所持しているが、実戦経験はない。そんな彼が上級セルバヌイである騎士王鬼を『召喚』したらどうなるかは、火を見るよりも明らかであった。

だが、ガキールは自分なら騎士王鬼を御し得ると、根拠のない自信を持っていた。いや、根拠はある。父のメニサス男爵が、いつもガキールを褒めるのだ。

妾に産ませた庶子の長男をバカにし、正妻の子で嫡子のガキールを特別扱いして褒める。どんなにガキールが愚かでもメニサス男爵は叱ることはなく、悪いのは長男だと叱責した。それがガキールを増長させる結果になったのだ。

騎士王鬼を『召喚』したガキールは、ロドニーを殺せと命じた。もちろん、騎士王鬼はガキールの命令など聞かないし、ガキールを殺そうと襲いかかってきた。

圧倒的な強さを誇る騎士王鬼の殺気に当てられたガキールは、その場で腰を抜かして失禁した。

家臣たちの献身的な行動でガキールは九死に一生を得ることができたが、その代償は一二人もの忠臣の死であった。

騎士王鬼は街道を通る人々に襲いかかり、次第に領境へと向かっていった。人々がケルペ方面に逃げたそれを追って、騎士王鬼は領境を越えてザバルジェーン領へと入っていき、バニュウサス伯爵家の領兵たちと戦闘になった。

「若。早くこの場から離れましょう」

腰が抜けて立てないガキールを、側近が無理やり馬車に押し込んだ。

ガキールは馬車の中でも怯え、歯をガチガチ震わせていた。

「ぼ、僕はガキールだぞ……あんな奴、あんな奴、あんな奴、あんな奴……僕の命令をなんで聞かないんだよ!?」

虚ろな目をしながら、ブツブツと呟く。

ただ、父親に褒めてもらおうとしただけなのだ。

計画と言えるものはなく思いつきだけで行動した結果が、多くの死者と怪我人を出した。

誰かがガキールを責めたら、彼は言うだろう。

「僕が悪いんじゃない。僕の命令を聞かなかった騎士王鬼が悪いんだ」

それとも、こう言うだろうか。

「フォルバスの貧乏人が生意気だから、懲らしめようとしただけだ。僕は何も悪くない」

どちらにしても、ガキールは自分は何も悪くないと言うだろう。

彼の行動を止めるどころか、隠蔽しようとした家臣たちも悪いかもしれない。家臣たちがメニサス男爵やガキールに意見を言うことはない。言えば、生意気だと鉄拳制裁を受ける。鉄拳制裁だけならまだ良いが、家族に危害が加えられるかもしれない。

デルド領の中ではメニサス男爵とガキールは、まさに王と王子なのだ。

「若。お屋敷に到着しました」

扉を開けた家臣は、いきなり蹴り飛ばされた。

「うるさい！　そんなことわかっているんだよ！」

屋敷に到着し、騎士王鬼の恐怖から解き放たれたガキールは、自分がなんであんなにも恐ろしい目に遭わなければならないのかと憤りを覚えた。自業自得だが、そのことは彼に理解できない。だから、家臣が悪い。騎士王鬼が悪い。何よりもロドニーが悪いとなるのだ。

ガキールが騎士王鬼のことを忘れ去ったある日、メニサス男爵から原因究明の指示が来た。ガキールはなんのことだと、家臣に聞く始末だった。

「フォルバス家のことです」

家臣がガキールの機嫌を損なわないように、言葉を選んだ。

お前のせいで、一二人もの家臣が死んだと言いたかった。それを言えば、自分は酷い目に遭わされることだろう。それだけならいいが、家族が巻き込まれるかもしれない。だから言えない。

「フォルバス？」

まったく覚えていないガキールに、怒りを覚えつつも家臣は丁寧に説明する。

「僕の知らないことだ。そう父上に報告しておけ」

その言葉に、家臣は殺意を覚えたがグッと拳を握って我慢した。

場合によってはガキールに処分が下ると家臣が言うと、ガキールは喚（わめ）き散らした。

「なんで僕が処分されるんだ！　お前、僕に関係ないことにして、報告しておけ！」

さらには誰かを犯人に仕立てろと、ガキールは指示した。

家臣は何を言っても無駄だと諦めて、犯罪者を犯人に仕立て上げてバニュウサス伯爵家に送った。

これがメニサス男爵家とバニュウサス伯爵家の間に決定的な溝を作るなどとは、ガキールは考えもしない。

✦

今年の収穫量は例年の六五パーセントほどで、かなり酷い凶作になった。今年は嵐が三回もあり、特に一回目の被害が大きかったのだ。

デデル領の税は収穫の五割だ。この状況で例年通りの量を徴収したら、農民たちに餓死者が出ることだろう。そこで今年の税率を三割に減らした。これにより農家に残る穀物の量は昨年とほとんど変わらないものになるが、当然ながら税収は大きく減ることになった。

ロドニーはビールの生産に必要な大麦を、他領から買い入れることにした。ガリムシロップの売り上げがなかったら、ビールの生産などと言っていられなかっただろう。

大麦が安い地域から購入してほしいと、ロドニーはハックルホフに手紙をしたためた。

そんなデデル領に、長く厳しい冬がやってきた。雪が降り始め、あと半月もすればどこもかしこも雪に覆われてしまうだろう。

ロドニーは自分の根源力を鍛えるのに、この冬を充てるつもりだ。幸いにも書類仕事はキリスがほとんどやってくれる。どうしてもロドニーの決裁が必要なことは少ない。

チーズ作りはリティがやってくれている。フォルバス家が消費するだけなら、十分な量がある。

朝から金棒で素振りをしたロドニーは、雪が舞う中でも全身から汗が噴き出していた。毎日鍛えていたおかげで、根源力を使わなくても金棒を素振りできるようになった。その分、ロドニーの体は以前よりも筋肉質になり、贅肉がほとんど見られないものになっている。

素振りの後は、『カシマ古流』の型を丁寧になぞっていく。その動きを筋肉に覚えさせ、細胞のひとつひとつに記憶させる。そうすることで、自然に体が動くようになっていくのだ。

その後はソフィアと打ち合う。ソフィアの剛の剣を受けると手が痺れるから、それを回避するために受け流す。だが、ソフィアも受け流されないように工夫を凝らすから簡単ではない。

ソフィアの後はエミリアとも剣を合わせる。今度はエミリアの速い剣を弾こうとするが、翻弄されて上手くいかない。まだまだだと気づき、さらに精進しようと思った。

剣の訓練の後に少しだけ書類仕事をして、午後からは根源力を鍛える。

取得している根源力の多くはそれなりに使えているが、『霧散』だけは実戦で使える状態ではない。

『霧散』の特徴の一つは、根源力の効果を打ち消すもの。もっと言うと根源力が発動されても、それを打ち消すことができるのだ。ただし、それをするには自由自在に『霧散』を発動させる必要があるが、今のロドニーはそれができない。

一瞬で『霧散』を発動させるイメージトレーニングを行い、実際に発動させる。それを愚直と言えるほどに繰り返す。ロドニーにはそれしかできない。

根源力のことをまとめた書籍には、ある程度の使用方法などの説明が記載されている。しかし、『霧散』のことを記載した書籍はない。先祖代々の蔵書の中にも、ハックルホフに頼んで手に入れた根源力の書籍にも、『霧散』のことは載っていなかった。

『霧散』と違って非常に使いやすい根源力もあった。それは『増強』だ。『増強』は他の根源力を強化するだけではなく、根源力に関係ないものも強化する。

ロドニー自身に使うと、肉体だけではなく思考も強化される。ただし、頭がよくなるのではなく、思考速度が速くなるというものだ。それでも、思考速度が速くなるのはありがたい。

さらに、剣の切れ味を強化したり、武器や防具の強度を上げたりできる。ただし、強化の程度はそれほど高いわけではない。それこそ肉体の強化は下級根源力の『腕力』よりも劣る程度のものだ。

なんでも強化する『増強』に対し、『強化』は根源力のみを強化する。効果範囲が限定されていることから、『増強』よりも強化幅は大きい。

毎日愚直に『霧散』の訓練を続けるロドニーとは別に、エミリアとソフィアも根源力を高めていた。横から殴りつける吹雪の中、海に向かって放出系根源力の連射訓練をしている。

剣は大の得意だが、放出系根源力はあまり得意ではない。特に『高熱火弾』は発動まで時間がかかるし、命中精度も良くない。

ロドニーが苦しい思いをして『高熱火弾』を『結合』してくれたのに、使いこなしていないことに不満があった。

「お兄ちゃんだけ辛い思いはさせないんだから！」

「ロドニー様の期待に応えてみせます！」

雪は容赦なく積もっていく。それでも二人は毎日放出系根源力の訓練を止めなかった。その甲斐あって『高熱火弾』の発動速度はかなり速くなってきた。命中精度も上がった。しかし、連射がまだまだだと二人は感じている。

『高熱火弾』は上級のセルバヌイ相手でも有効な攻撃手段だ。剣で戦えない悪霊のようなセルバヌイが出てきても、『高熱火弾』なら効果があるだろう。

威力が高い『高熱火弾』が連射できれば、戦闘の幅はかなり広がるはずだ。

二人の横では、領兵たちが雪の積もった砂浜で訓練している。

特に精鋭領兵たちは六層踏破に向けて、『剛腕』『堅牢』『強脚』などの中級の根源力を得ている。これらの新しい根源力に慣れるためロドメルの指導の下、雪が降っても訓練している。

若い二人、しかも可愛らしい少女たちが吹雪の中でも訓練しているのに、男である自分たちが暖かい家の中でダラダラしていていいのかと、自主的に集まってきた者たちだ。領兵のほぼ全員が訓練に参加している。

ロドニーの代になって装備が真鋼製になり、中級根源力まで覚えた。それだけで、危険度はグンと下がるのに給料まで上げてくれた。そんな領主に恩返しがしたいという気持ちもある。

ロドニーたちが訓練に明け暮れている間に雪はどんどん降り積もり、人の背丈を超える雪が積もった頃にマナスがやってきた。

雪でも進むソリの荷車を、牛鹿(うしか)というセルバヌイが牽いている。この牛鹿は寒さに強く力もあるセルバヌイだ。クオード王国の北部の商人は、この牛鹿を使役して雪の中でも荷物を運んでいる。

「ドメアス様、お久しぶりにございます」

「マナス殿か。この雪ですから、大変だったでしょう」

「いえいえ、昨年はもっと雪深い時がありましたので、それに比べればまだまだです」

マナスの商隊は三台の荷車を運用し、二人の部下と六人から一〇人の護衛で構成されている。その三台の荷車のうち、マナスが使っているものが大きなものに代わっていた。ガリムシロップの他に、ビールも仕入れるためだろう。次の時にはもう一台が大型に代わると自慢した。

「ビールの出来はどうですか？」

「いいものができましたよ。これまでで一番の出来だとロドニー様も仰ってくださいました」

「それは楽しみですね。バッサムでも王都でも、ビールは大人気なのです」

マナスはドメアスと和やかにビールの出来や量などの話をし、出来たての五樽を引き取ることになった。

その後、ガリムシロップ工房を回ってガリムシロップを引き取り、最後にロドニーへの挨拶に向かう。

ロドニーは裏庭で金棒を振っていて、体中から湯気がを立ち上らせていた。そこにリティからマナスが来たと声をかけられ、汗を拭いて服を着替えてマナスに会った。

「今回は他国の生命光石を、二種類お持ちしました」

「二種類もか。助かる」

「ただ、依頼されておりました数が確保できませんでした」

「それは仕方がない。他国の生命光石を手に入れるのは簡単ではないからな」

ロドニーは以前から生命光石を入手できないかと、ハックルホフに頼んでいた。国内のものでも特別なものは手に入らないが、他国の生命光石ともなるとさらに手に入らないのだ。

今回、マナスが持ってきてくれた生命光石は、他国で産出される珍しいものだ。

生命光石は根源力を覚えるだけでなく、セルバヌイを『召喚』できるものだ。戦力の増強に繋がることから、希少な根源力や強力なセルバヌイが『召喚』できる生命光石は、国外への持ち出しを禁止している国が多い。俗に言う戦略物資に指定されているのだ。

ハックルホフが危険を冒して生命光石を手に入れているのがわかるだけに、手に入らなくても文句を言うつもりはないし、一個でも手に入ればありがたいことだ。

「祖父に感謝していると伝えてくれ」

「はい。しっかりとお伝えします」

マナスが帰ると、ロドニーはさっそく生命光石を経口摂取することにした。生命光石は二種類三個。

二個はベルダンというセルバヌイの生命光石で、三種類の根源力が得られる。ベルダンの生命光石から得られる根源力は『理解』『速読』『描写』。ロドニーが欲しいのは『理解』だ。他の二種類も悪くはないが、今のニーズは『理解』である。

もう一個はテラーパペットというセルバヌイの生命光石で、こちらは一種類の根源力が得られることから一個あれば問題ない。得られるのは『操作』という根源力である。

ロドニーはベルダンの生命光石を手に取り、息を吐いてから口に入れて嚙み砕いた。

「ぐっ」

何度味わってもこの苦しさは慣れない。しかも、特に欲しいと思っていなかった『速読』

を手に入れてしまった。次の一個で目的の『理解』を手に入れられるかは、ロドニーの運にかかっている。

「二分の一の確率なんだ。来いよ!」

生命光石を噛み砕き、苦痛に顔を歪める。額から脂汗が垂れて鼻筋からぽとりと床に落ちた。

「よし……『理解』を得たぞ!」

目的の『理解』を得て、ロドニーがガッツポーズした。

気分の良い余韻に浸り、もう一個も経口摂取した。得たのは予定通り『操作』だった。

これまで必死に『霧散』の訓練を続けてきたが、これがなかなか上達しなかった。

『操作』は根源力を操りやすくする特殊な根源力だ。『霧散』の制御に苦労しているロドニーには、喉から手が出るほど欲しかった根源力になる。

以前からこの『操作』が欲しいと思って、ハックルホフに入手できないかと相談していた。これがあれば新しく得た根源力を、熟練者のように使用できると書物にあったからだ。

試しに『霧散』を発動させると、黒い霧のようなものが目の前に現れる。『操作』の発動を意識していないが、『霧散』は以前よりもスムーズに発動した。『操作』自体の熟練度が上がれば、もっとスムーズに発動するかもしれない。

『霧散』は維持させることも難しかったが、今回はいつも以上に長く維持できている。

「これが『操作』の効果か。あれだけ苦労していた『霧散』がこんなにも簡単に……ここまでの効果があるなら、戦略物資になるのも当然か」

長く訓練してもまったく上達しなかった『霧散』の制御だが、『操作』を得たことで驚くほどスムーズにできるようになった。

「多分だけど、『理解』の助けもあるんだろうな」

『理解』は学者などが欲しがる根源力で、この根源力を得たことで停滞していた研究が画期的に進んだという例がいくつもある。

ロドニーは根源力をより理解するために、この『理解』が欲しかったのだ。

今回、書籍で得た知識は入り口に過ぎないということがわかった。『理解』によって理解された『操作』の効果によって、難しかった『霧散』の発動と維持がスムーズになった。『操作』と『理解』のコラボレーションは、ロドニーを飛躍させてくれるものになるはずだ。

この日以降、ロドニーの根源力の使い方は繊細なものになり、さらに威力や効果が上昇した。

たとえば、防御系上級根源力の『金剛』は防御力を大幅に上昇させるだけではなく、攻撃にも使える。地力は要るものの『金剛』を発動させた拳で殴ると、硬い岩でさえ陥没させたり砕いたりできる。防御力上昇効果しか考えていなかったが、攻撃にも応用ができることは目から鱗(うろこ)が落ちる思いだった。

最終章　富国強兵はまだ途中編

デデル領の漁師は手釣りでタイ、メバル、カサゴ、アイナメに似た魚を釣る。大漁でも一〇匹釣れればいいほうでボウズの日もあり、漁獲量はたかが知れている。

晩秋のある日、ロドニーは漁師を集めた。

「イワシを網で獲ってほしいんだ」

「イワシですか？　あんな小魚をどうするんですか？」

イワシが欲しいと言うロドニーに、首を傾げる漁師たち。

イワシは一〇センチメートルから一三センチメートルくらいの魚で、前世の記憶にあるイワシよりもやや小さめだ。

先祖の日記には、冬に網を入れればイワシが大量に獲れたとある。しかし、今のデデル領ではイワシ漁は行われていない。嵐の日のように冬の海は荒れる。舟の転覆事故が多発した経緯があり、いつしか漁を行わなくなったのだ。

「イワシを使った調味料を作ろうと思ってね」

「ちょ、調味料……ですか？」

漁師たちがポカンとした。

ロドニーは前世の記憶にある『しょっつる』や『魚醤』と言われるものを作りたいと思っている。

魚醤は魚を塩漬けにするだけで作れるものだ。塩漬け状態で発酵するとシオカラになり、さらに発酵が進むと魚醤になる。二年から三年の歳月がかかると思われるが、醤油の代わりに良いと思った。

イワシは魚醤だけではなく、肥料の干鰯も作れる。発酵食品のアンチョビも作れるし、使い道は色々ある。大量に獲れるのに、使わない手はない。産業にできるスペックが、十分にある素材だ。

問題は冬の海が危険だということだ。イワシ漁で死人が出るようでは産業にならないし、するつもりもない。

そこで舟同士を丸太で繋げる案を出した。一艘では転覆しやすいので、二艘、三艘を繋げてしまえば安定するのではないかと。安定しなかったら、イワシを産業にする案は保留になるから、成功してほしい。

漁師たちは話し合いを行った。

「やってみますが、危なそうなら戻ってきますよ」

「それでいい。皆の命が一番大事だからな」

天気が良いある冬の日、漁師たちは舟同士を丸太で繋げて大海に乗り出した。波は高く、デデル領の海に慣れている漁師たちでも緊張の面持ちだ。

岸から一キロメートルほどのところで、網を入れていく。その光景を岸からロドニーが見つめる。

「イワシは獲れなくてもいいから、無事に帰ってこいよ」

漁師たちは一時間ほどの漁を行い、帰ってきた。

「皆、無事か」

「舟を繋げたおかげで、波が高くても安定しました」

籠に入れられたイワシをロドニーに見せ、今日の波はかなり高いが、嵐というほどではないからなんとかなると漁師は言う。

「大漁ではないですが、それなりに獲れました」

エミリアのような小柄な少女ならすっぽり入れそうな籠の三分の二ほどまでイワシが入っていた。

「ん、イカも入っているぞ」

(このイカはスルメイカに近いか)

イカだということはわかるが、イカの種類まではわからない。

スルメイカなら干してビールのあてに良いと思ったロドニーは、五杯のイカをイワシからより分けた。

「イカは多く獲れるのか？」

「そいつは夜に獲れるやつです。篝火(かがりび)に近づいてくるんですよ」

「時期は今なのか？」

「冬が明ける頃から夏にかけてですが、こんなのをどうするんですか？　誰も食べませんよ」

（イカそうめんやフライ、乾燥させてスルメやさきイカ。イカはなんでも美味しいのに、今まで食べてないことを後悔だ）

イカの時期はまだだが、時期になったらイカ尽くし料理を食べたい。イカを食べる風習はデデル領だけではなくクオード王国全体でないが、そんなことはどうでもいい。ロドニー自身が食べたいのだ。

ロドニーはイカが獲れたら領主屋敷に届けてほしいと、漁師たちに頼んだ。

さて、イワシは汚れを洗い落とし、塩漬けにした。魚醤はこれだけでできるはずだ。ただし、イワシと塩の比率がわからないため、いくつかの配合を試している。

アンチョビはまだ作れない。ニンニク、唐辛子、オリーブオイル、ローリエなどが必要だからだ。

月桂樹の葉を乾燥させるとローリエになるが、これはクオード王国にも似たものがある。オリーブオイルも似たものがあるが、ニンニクと唐辛子はないからハックルホフに頼んで探しているところだ。

最初は魚醤だけでいい。あれもこれもと手をつけては大変だからだ。

魚醤ができるまで数年かかるが、イカそうめんに魚醤をつけて食べる光景を思い浮かべると、唾液が口の中で大量に分泌された。

イカは軒下で一夜干しした。タコの一夜干しの記憶があるので、それをマネてやってみたら上手くいった。

「うまいな。噛めば噛むほど味が出てくる」

一夜干しを軽くあぶったものとビール。懐かしく感じる光景だ。

「醤油とマヨネーズ、そこに七味を混ぜて一夜干しにつけて食べると美味しいはずなんだよな……そうか、マヨネーズか」

卵、酢、油。これだけでマヨネーズは作れる。卵と油はクオード王国でも手に入るし、酢はレモンのような酸味の強いもので代用できる。

オレンジがあるのだから、レモンもあるかもしれない。ハックルホフに探してもらおうと思った。

また、七味はないがマスタードのような調味料ならクオード王国にもある。夢が広がるなと頬が緩む。

✦

現在、ロドニーは二六種類の根源力を所持している。

根源力	位階	入手先
強腕	中級	ゴドリス
堅牢	中級	ゴドリス
鋭敏	中級	ゴドリス
鉄壁	中級	ガンロウ
火弾	中級	赤ルルミル
水弾	中級	青ルルミル
土弾	中級	黄ルルミル
風弾	中級	緑ルルミル（毒蝙蝠）
高熱弾	中級	白ルルミル
覇気	上級	首無騎士
カシマ古流	不明	首無騎士
怪腕	上級	牛頭

金剛　上級　牛頭
加速　上級　馬頭
嗅覚感知　中級　馬頭
霧散　上級　悪霊
結合　上級　黒ルルミル
分離　上級　黒ルルミル
高熱火弾　上級　結合
強化　中級　購入
増強　中級　購入
召喚　中級　購入
疾風　上級　購入
速読　上級　購入
理解　上級　購入
操作　上級　購入

廃屋迷宮の四層。

ロドニーはあまり使う機会がなかった、『召喚』を試してみることにした。

用意した生命光石は中級セルバヌイの牛頭。今のロドニーなら、中級セルバヌイの牛頭を使役できるはずだ。

「出てこい、牛頭！」

手の平の上の生命光石が発光し、宙に浮く。その光が次第に大きくなって牛頭を形どっていく。

赤茶色の毛で覆われた牛の頭部には、二本の鋭利な角がある。首から下は人間の体だが、その背丈は二・六メートルにもなる。原始人の服のような何かの皮を纏っている牛頭の手には、巨斧があって凶悪さを醸し出している。

「やっぱりデカいね～」

エミリアが牛頭の周りをぐるりと回って見上げた。

「襲いかかってこないということは、使役が成功しているのでしょうか？」

「そのようだ」

ソフィアの質問にロドニーが答える。なんとなくだが、牛頭と何かが繋がっている感じがするのだ。

「牛頭、右腕を上げろ」

「ブモッ」

ロドニーの命令を受け、牛頭の右腕が上がる。

「私も『召喚』欲しいな～」

「他の領でしか出ないから、難しいかもしれないな」

他領のセルバヌイの生命光石を手に入れるのは、難しい。流通しないことが多く、出てきても数が少ないからだ。

エミリアやソフィアが『召喚』を覚えるためには、それぞれに一〇〇個の生命光石が必要になる。誤差はあるが、目安は一人一〇〇個だ。これだけの数を手に入れるのは、通常では無理だと言えるだろう。

「よし、首無騎士を狩るぞ」

この四層で牛頭を召喚したのには、理由がある。首無騎士と牛頭の戦いを見たかったのだ。騎士の技量を持つ首無騎士と、パワーで敵を粉砕する牛頭の戦いに、興味が湧いた。

「牛頭。首無騎士を倒せ！」

「ブモォォォッ」

首無騎士を発見すると、ロドニーは牛頭に戦闘を指示した。ただ倒せとだけ命じ、どういった戦いをするのかを確認する。

牛頭が猛然と突っ込んでいく。

首無騎士は剣と盾を構え、迎え撃つ態勢だ。

牛頭は勢いに任せて首無騎士にぶちかました。だが、首無騎士は牛頭の巨体を盾で受け流した。

ズッザ――――ッ。

受け流された牛頭が、勢い余って地面を削った。間髪を容れずに、首無騎士が剣で攻撃。牛頭は巨斧を片手で振り回し、首無騎士の攻撃を弾いた。

首無騎士の『静』と牛頭の『動』の戦いは、見ごたえがあった。

技量では圧倒的に首無騎士が上回っているが、パワーは牛頭が勝る。主に牛頭が攻撃して、首無騎士が防御する。だが、首無騎士もカウンターを狙っていく。

「あれはいつまで続くのかな～？」

激しい攻防に見応えがあると思うロドニーに対し、エミリアはもう飽きてきた。一瞬で決着をつけられる隙がすでに何十回とあった。それがエミリアにはもどかしかったのだ。

「牛頭、後退だ」

「ブモッ」

ロドニーは牛頭を後退させた。それを首無騎士が許すわけがない。牛頭と一緒に首無騎士もロドニーたちのところに向かってくる。

「ソフィア、少しだけ首無騎士を引きつけてくれ」

「お任せください」

ソフィアが首無騎士の前に立ちはだかり、その攻撃を防いだ。

その間にロドニーは『分離』を発動させて、自分から『加速』を剝がした。その『加速』を牛頭に『結合』でつけると、首無騎士との戦いを再開させる。

「ソフィア、下がってくれ。行け、牛頭！　首無騎士を倒せ」

一気に加速した牛頭は、圧倒的に速くなった。ソフィアの横を疾風のように駆け抜け、首無騎士に肉薄した。

ガツンッ。

牛頭の巨体を受け流せなかった首無騎士が、吹き飛んだ。ドカンッガシャンッと音を立てて地面を転がっていく。

転がる首無騎士に追いついた牛頭の巨斧が振り下ろされる。首無騎士は転がりながらも盾を出したが、その盾で受けるよりも先に巨斧が首無騎士の鎧を破壊した。

『加速』を得ただけで一方的な戦いになった。それほど上級根源力は素晴らしい効果を発揮する。

「これでセルバヌイにも根源力を与えられるとわかった」

セルバヌイでも人間でも変わらず、根源力は『結合』できた。さらに『分離』も問題なくできた。

（ソフィアたちに、複数の根源力を『結合』できたらいいのにな）

ロドニー自身は無制限だが、他人には一種類しか『結合』できない。

上級根源力の『加速』を牛頭につけただけで、ほぼ互角だった首無騎士との戦いが一変した。この結果を見たら、もっと欲が出るのも無理ないだろう。

従士ホルトスをザバルジェーン領の騎士シュイッツァーの元に送った。

騎士シュイッツァーはバニュウサス伯爵家の有力家臣の一人で、シャケの干物の生産を独占している人物だ。

漁師の数は少ないが、デデル領でもシャケが獲れるからシャケの干物を作って産業にしたいと思った。ザバルジェーン領の特産だから、どの領地もシャケの干物を作ることは避けてきた。

しかし、ロドニーはそのシャケの干物作りに手を出したい。

ガリムシロップで儲けていても、いつ売れなくなるかわからない。ビールは産業になりつつあるが、どれだけ売れるかは未知数だ。だから規模は小さくても産業は複数あったほうがいい。

ホルトスからシャケの干物の話を聞いたシュイッツァーは、あからさまに不機嫌な表情をした。

「ホルトスとか言ったな。フォルバス家がシャケの干物を作ることは認められない。直ちに帰ってお主の主にそう伝えよ」

取り付く島もない剣幕だ。シャケの干物がそれほど大きな富を、シュイッツァーに与えているという証拠でもある。

だが、ホルトスも子供の使いではない。合意できる余地はないかと探りを入れる。

「デデル領のシャケの漁獲量は、多くありません。貴家の商売の邪魔にはならないと存じます」

「ふんっ。田舎(いなか)貴族が色々しているようだが、そんなに我が家の成果を奪いたいのか」

「田舎貴族とは聞き捨てなりませんな」

「田舎貴族を田舎貴族と言って何が悪い。ロドニーとかいう若造に伝えよ、寝言は寝てから言えとな」

喧嘩腰のシュイッツァーは聞く耳を持っていない。しかも、目上の貴族であるロドニーを田舎貴族や若造と蔑む始末。さすがのホルトスも腹に据えかね席を立った。

デデル領に帰ってきたホルトスは、その報告を行った。

「あの者は、当家を下に見ております」

ホルトスの憤りは言葉の端々からわかった。一応、シュイッツァーの人となりを調べて、贈り物を持たせたホルトスをここまで怒らせるのだから、相当傲慢な人物なんだと思った。ロドメルは好きではないと言っていたし、ロドニーも話を聞く限りは好きになれそうにない人物だった。それでも交渉は交渉として家中で一番冷静なホルトスを送ったのだが、このような有様だ。

理知的なホルトスをこれだけ怒らすシュイッツァーという人物に、ロドニー自身が会わなくて良かったと思った。もし、会っていたら殴っていたかもしれない。

「シャケの干物はダメか……」

「申しわけございません。某の不徳の致すところにございます」

「ホルトスのせいではない。相手が悪かっただけだ。だからと言って、バカにされて黙っている気はない。いずれシュイッツァーの頭を下げさせてやる。その時は地面に額を擦りつけさすぞ」

「そういうことなら、某も協力します」

ロドニーとホルトスは、怒りを押し殺した笑みを浮かべた。フォルバス家の良心と勝手にロドニーが思っているホルトスだが、何も言わないどころか協力すると言った。それだけ怒っているのだ。

小麦で試作していた醤油は失敗に終わった。カビが生えてしまい、ダメになってしまったのだ。温度が高かったのか、他に問題があったのか。何がいけないのかと色々考えたが、明確な原因を突き止めることはできない。

「まあ、そう簡単に作れたら、誰も苦労はしないわな」

失敗して当然。成功したら儲けもの。そういった考えでなければ、やれないことだ。

魚醬はまだ結果が出ていない。良いとも悪いとも判断できないと言ったほうが正しいだろう。醤油のようにカビが生えないように注意しているが、それでも勝手に生えてくるのがカビだ。ノートに毎日の天候や風の強さ、寒さなどを記録して今後に繋がるようにと考えている。

醤油も魚醬もロドニーは完成させたことがない。あくまでも前世の知識として、作れることを知っているだけなのだ。

しかも結果が出るまでに時間がかかる。気長に観察しながら待つつもりでいる。

✵

不作に終わった収穫の秋。厄払いと一年のがんばりに感謝するパーティーを、ロドニーは開くことにした。

日々命を懸けてセルバヌイと戦っている従士と領兵、ガリムシロップ作りでフォルバス家の財政を支えてくれているスドベインと未亡人たち、ビールのような海のものとも山のものともわからない酒を造って結果を出しているドメアスと弟子たち、領兵の命を守る武具を造ってくれるペルトと弟子たちなどを集めたパーティーだ。

「料理はこのリティにお任せください！」

リティ一人では一〇〇人近い参加者の料理を作るのは無理がある。いつもはガリムシロップ作りに腕を振るう未亡人たちも手伝って、料理ができていく。

柔らかいパン、肉がゴロゴロ入ったシチュー、独特な味わいのチーズのスライス、そのチーズを白ワインと一緒に熱を加えたチーズフォンデュ、豪快に焼いた肉の塊、タイやメバルなどの魚の塩焼き、それにガリムシロップとビール。

「う～ま～い～ぞ～～～っ！」

ひと口大に切った干し肉を、チーズフォンデュにつけて食べたロドメルが叫んだ。

「なんだ、これは⁉　うますぎて、声が出せないぞ！」

「「叫んでいただろ！」」

ロドメルの言葉に、その場の全員がツッコミを入れた。

「ロドメル。もう少し静かに食えよ」

「ロドニー様。これはうますぎますぞ！」

「わかっているから、唾を飛ばすな」

顔にかかった唾をハンカチで拭き取る。

「これは失礼しました」

「とにかく、あまり大声を出すな。皆が楽しく飲み食いしているんだからな」

「承知しました」

ロドメルだけではなく、皆が美味しい料理に舌鼓を打った。

領兵たちはチーズ片手にビールを呷っている。

「領主様は給金を上げてくれたし、防具も真鋼にしてくれるっていうし、俺たちはいい人に仕えられて幸せだぜ！」

「ああ、その通りだ！」

領兵たちの生活は、がらりと変わった。生活が豊かになり、何よりも食生活が良くなった。今までよりも多くの肉が食えるようになった。食べることは極めて重要なことであり、これはとても大きなことだ。

　しかも、ロドニーは子供にもその手を差し伸べた。熟練の領兵たちは子育てに不安があったが、それも今では補助の対象になっている。

　このような改革によって、期せずしてロドニーは領兵の支持を集めた。

「毎日作っているけど、こうして改めて食べると美味しいわね」

「これはクセになる美味しさよね」

　柔らかいパンにガリムシロップをつけて食べると、本当に頬が落ちそうだ。未亡人たちは毎日多くのガリムシロップを作っているが、それを口にすることはない。こうして改めて美味しいガリムシロップを食べると、自分たちの仕事に誇りが持てる。

　しかも、未亡人たちの都合に合わせて、一日三時間から働くことができる。家の畑や子供たちの面倒を見ながら、働けることが未亡人たちには好評だ。

「皆、楽しそうで良かったね」

　大量の料理を盛りつけた皿を持ったエミリアが、皆の笑顔を見て笑っている。剣を持たせたら熟練領兵以上の腕前のエミリアだが、その笑顔は年齢なりの無邪気なものだ。

「本当ね。あの笑顔はロドニーが皆さんに与えたのよ」

　ロドニーはいつもの服装だが、シャルメはホストの母として豪華なドレスを着ている。その姿を見ると、まるでシャルメが主催者のようだ。

会場となった庭では、皆が笑顔だ。いつもは厳めしい表情のホルトスも、今日ばかりは笑顔だ。ロクスウェル、エンデバーなども楽しそうに料理を楽しんでいる。

そんな中にソフィアもいた。今日のソフィアはいつもの男装の麗人ではなく、シックなワンピースだ。ロドニーの目には、彼女だけスポットライトが当たっているように映った。魚を食べる仕草さえも、ソフィアなら美しい。

無意識に足が進み、気づけば目の前にソフィアが佇んでいた。

「ロドニー様?」

「あ……ソフィア……美味しいかな?」

「はい。とても美味しいです」

ソフィアの花が咲いたような笑みを見ると、ドキッとして胸が高鳴る。

(いつもの凜としたソフィアもいいが、こういう可愛らしい服のソフィアのほうがもっといい)

「あの、どうかしましたか?」

「いや、楽しんでくれているようで、嬉しいよ」

手を取るとか、肩を抱くとか、ロドニーには無理な話なんだろう。それでも、もっと気の利いたことが言えないのかと、周囲にいる者たちはもどかしさを感じる。

「あの……」

「なんでしょうか？」

「あ、いや……その……ちょっと……歩かないか」

「……はい」

ロドニーにしては上々だと、ロドメルがガッツポーズした。

「俺は……ソフィアに助けられてばかりだ」

「何を仰いますか。ロドニー様は、とても立派に皆を率いています。私は何もしていません」

「そんなことない！　ソフィアがいるから……」

「……」

無言で歩く二人。

ソフィアが立ち止まり、ロドニーの背中を見つめた。それに気づいたロドニーが立ち止まって振り返る。

「ロドニー様はもっと誇っていいと思います」

「誇る？　俺が？」

「はい。誇ってください」

「……俺は誇れるようなことをしたかな」

「しています！　私は豊かになっていくデデル領を目の当たりにしています。強くなった領兵たちを見ています。ロドニー様が皆を率いているのです。だから誇ってください」

ロドニーは、はにかみながら言葉を紡いだ。

「俺を支えてくれる人がいるからできることだ。ソフィアはこれからも俺を支えてくれるか？」

「もちろんです。私はロドニー様のために、死をも厭いません」

「ありがとう。その言葉を聞けて、とても嬉しいよ。でもソフィアや皆がいるから、俺は前に進めるんだ。だから死なず、これからも頼むよ、ソフィア」

「はい。お任せください！」

その後、二人は肩を並べてどこへともなく無言で歩いた。

言葉を交わさずとも、お互いの心が通じていると感じられるこの時間が心地よい。いつまでもこうして歩いていられたらと、共に思っているが声には出さない。声に出してしまうと、この心地よさが壊れてしまいそうで怖かったのだ。

気づけば父ベックが戦死してロドニーがフォルバス騎士爵家を継承した時に、やると誓った海岸へやってきていた。

（このデデル領をもっと豊かにし、必ず生き残る。戦死なんてしない。ベッドの上で大往生してやる）

背後に落ちていく夕日が、二人を包み込む。

ロドニーの横にはソフィアがいる。あの時感じた寂しさはない。これからもソフィアは横にいてくれる。そう思うと、頼もしく感じ心が軽くなった。

最北領の怪物～借金地獄から始まる富国強兵～／完

あとがき

えー、毎度お世話になっております。本文やショートストーリーを執筆するよりも、このあとがきを書くほうが難しいと感じているなんじゃもんじゃです。

今回は北国の貧しい領地を引き継いだロドニーの物語を書かせていただきました。貧乏からの脱出と弱い自分からの脱皮という二本立ての物語です。もちろん、美人の幼馴染との初々しいやりとり？　もあります。

貧乏からの脱出は、領内にある資源を有効利用することから始めます。産業を興して膨大な借金を返済し、さらに別の産業を育成する前向きなサイクルを作り出していく話になります。
財政の再建に目途が立ったら、従士や領兵の待遇改善と、自領を豊かにする政策を打ち出します。領兵の待遇がよくなると、領内でお金を使い経済も回ります。そうやって領内を豊かにする主人公ロドニーです。

弱い自分からの脱皮は、幼馴染で姉のようなソフィアと妹のエミリアに助けられながら成長していきます。
迷宮（ラビリンス）の中にはセルバヌイという化け物が闊歩していて、そのセルバヌイを倒すと生命光石というアイテムが手に入ります。普通はその生命光石を百個ほど砕いて根源力という特殊な力を得るのですが、なぜかロドニーは根源力を得られませんでした。それを打開したのは偶然でしたが、ロドニーは他の人とは違う根源力の入手方法を持っています。苦しみながらも、他の人よりも多くの根源力を身に着けていくのです。

Ｗｅｂ版からの変更点ですが、幼馴染のソフィアの名前が一番大きいでしょうか。理由は大したことないので、聞かないでください（笑）。他にも穀物などや度量衡を日本と同じにしました。こちらは読みやすさを優先させた形です。ただしガリムはＷｅｂ版のままです。こちらは楓を元にした樹木ですが、スケールを大きくしてあるためです。

さて、今回の書籍化に伴い、二万五千文字ほど加筆しています。追加の話は敵対する人（嫌な奴）と、産物の試作品です。

産物は試作中ですからまだ先があります。二巻や三巻が刊行できれば完成すると思いますが、こればかりは本書の売れ行き次第なのでなんとも言えません。読者の皆様には重版できるように応援していただけると嬉しいです。

最後に『最北領の怪物』の刊行に携わった方々に感謝し、また二巻でも一緒に仕事ができるように願ってあとがきにしたいと思います。ありがとうございました。

最北領の怪物
～借金地獄から始まる富国強兵～

発行日　2023年2月25日 初版発行

著者 なんじゃもんじゃ　イラスト 長浜めぐみ

発行人　保坂嘉弘

発行所　株式会社マッグガーデン
〒102-8019 東京都千代田区五番町6-2
ホーマットホライゾンビル5F
編集 TEL：03-3515-3872　FAX：03-3262-5557
営業 TEL：03-3515-3871　FAX：03-3262-3436

印刷所　株式会社広済堂ネクスト

担当編集　宇都純哉

装　幀　木村慎二郎（BRiDGE）＋矢部政人

ISBN978-4-8000-1293-7 C0093　Printed in Japan

ファンレター・感想等は弊社編集部書籍課「なんじゃもんじゃ先生」係、「長浜めぐみ先生」係までお送りください。

本作品はフィクションです。実在の人物・団体・事件等には一切関係ありません。